Deseo™   8/08

La seducción del millonario

Maxine Sullivan

HARLEQUIN™

Editado por HARLEQUIN IBÉRICA, S.A.
Hermosilla, 21
28001 Madrid

I.S.B.N.: 978-84-671-6142-7
Depósito legal: B-11987-2008
Editor responsable: Luis Pugni
Preimpresión y fotomecánica: M.T. Color & Diseño, S.L.
C/. Colquide, 6 portal 2 - 3º H. 28230 Las Rozas (Madrid)
Impresión y encuadernación: LITOGRAFÍA ROSÉS, S.A.
C/. Energía, 11. 08850 Gavá (Barcelona)
Imagen de cubierta: Getty Images.
Fecha impresion para Argentina: 10.11.08
Distribuidor exclusivo para España: LOGISTA
Distribuidor para México: CODIPLYRSA
Distribuidores para Argentina: interior, BERTRAN, S.A.C. Vélez
Sársfield, 1950. Cap. Fed./ Buenos Aires y Gran Buenos Aires,
VACCARO SÁNCHEZ y Cía, S.A.
Distribuidor para Chile: DISTRIBUIDORA ALFA, S.A.

Capítulo Uno

Damien Trent reconoció dos cosas cuando Gabrielle Kane salió del ascensor y echó a andar por el pasillo hacia su despacho.

Era todavía más guapa de lo que recordaba.

Y había sido un imbécil al dejarla marchar.

–Hola, Gabrielle –dijo. Se apartó de la pared y bajó la vista por la tela gris suave del traje pantalón de ella, que se pegaba a sus pechos y caderas, hasta las sandalias de tacón a juego. Nunca la había visto tan elegante y femenina como en ese momento.

Ella, que buscaba algo en el bolso, levantó la cabeza rubia y su paso se hizo vacilante. Palideció.

–¡Dios mío! ¿Damien?

–¿Te acuerdas de mí? –preguntó él, y sintió algo moverse en su pecho cuando los ojos azules de ella lo miraron de frente. Por un segundo, el tiempo retrocedió cinco años. Ella había entrado a aquella reunión de negocios con su padre y sus ojos se habían encontrado a través de la sala. Damien la había deseado al instante.

Y lo mismo le ocurría ahora.

Ella se humedeció los labios y pareció recuperarse.

–¿Cómo iba a olvidarme?

–Entonces, eso es algo que tenemos en común –se acercó más a ella, complacido de ver que se sonrojaba–. Estás muy hermosa, Gabrielle.

Ella levantó su delicada barbilla.

–¿Esto es una visita de cortesía, Damien? Porque estás muy lejos de casa.

Él se esforzó por olvidar que la deseaba y pisar tierra. Estaba allí por una razón.

–Tenemos que hablar.

–¿Después de cinco años?

Damien apretó los labios. Había sido ella la que lo había dejado.

–Es importante, Gabrielle.

Una expresión de alarma cruzó fugazmente por los ojos de ella.

–Es mi padre, ¿verdad? –dijo con voz neutra; pero él había visto su primera reacción y sabía que todavía quería al padre que la había repudiado cuando se marchó.

La tomó por el codo.

–Vamos a tu despacho –dijo; sentía el brazo de ella bajo su mano y tuvo que reconocer que había echado de menos tocarla.

Ella se volvió y, con una mano cuyo temblor la traicionaba, abrió la puerta de la suite de despachos marcada con un cartel que decía: *Eventos Eileen–La organizadora de eventos.*

La siguió a través de la zona de recepción hasta un despacho, sin dejar de fijarse en el grosor de la moqueta y la calidad de los muebles y accesorios.

–Parece que te ha ido bien.

Gabrielle se acercó hasta el escritorio y quedó de espaldas a la gran ventana, que ofrecía una vista esplendorosa del Puente de Sidney y la Ópera.

–No finjas que no sabes nada de mí, Damien. Estoy segura de que el informe que has pedido sobre mí te habrá dicho lo que hago y para quién trabajo –se cruzó de brazos–. Di lo que tengas que decir.

A Damien no le sorprendía su actitud. Siempre había sido una mezcla de fuego y hielo. Era una de las cosas que le habían gustado de ella... toda la pasión que ocultaba su exterior frío.

Señaló con la cabeza el sillón de cuero de respaldo alto que había detrás del escritorio.

—Creo que debes sentarte.

—Prefiero estar de pie —repuso ella; pero echó atrás los hombros, como preparándose para un golpe.

No había un modo fácil de decir aquello.

—Tu padre ha tenido un ataque, Gabrielle —dijo él; oyó el respingo de ella y vio la alarma que su rostro ya no intentaba ocultar—. Una hemorragia cerebral. Estaba muy mal y han tenido que operar.

Ella tragó saliva.

—¿Está...?

—No, no está muerto. Confían en que lo superará y se recuperará bastante bien con el tiempo.

—¡Oh, Dios mío! —murmuró ella, hundiéndose en el sillón.

Damien vio la palidez de su piel y el modo en que se mordía el labio inferior, y supo que había hecho lo correcto al ir en su busca.

—Mi jet privado está preparado cuando tú quieras.

Ella parpadeó y lo miró.

—¿Qué?

—Vendrás a Darwin a ver a tu padre.

Ella negó con la cabeza.

—No... no puedo.

Damien apretó los labios.

—Es tu padre.

Gabrielle hizo una mueca.

—Es evidente que eso no le ha importado mucho estos últimos cinco años.

Una cosa era ignorar la existencia de su padre cuando estaba en buena salud, pero Russell se había hallado al borde de la muerte. Era hora de que arreglaran las cosas entre ellos. Damien le había dicho lo mismo a Russell poco antes de su ataque, cuando el otro parecía lamentar la pérdida de su hija. Quizá era porque intuía que iba a ocurrir algo.

–Fuiste tú la que se marchó –señaló–. A tu padre le ha resultado difícil olvidar eso.

–Tal vez a mí también me resulte difícil olvidar algunas cosas –repuso ella con firmeza. Damien se puso inmediatamente a la defensiva.

–¿Por ejemplo?

Ella bajó los ojos.

–No importa.

–Es evidente que sí, o no lo habrías mencionado.

Ella alzó la vista hacia él.

–Ya nada puede cambiar el pasado. Sólo diré que, cuando me fui de casa hace cinco años, nunca miré atrás.

Damien enarcó las cejas.

–¿Nunca? Eso me cuesta creerlo.

Ella se encogió de hombros y se recostó en el sillón.

–Ése es tu problema, Damien. No el mío.

Su comentario lo irritó.

–También me dejaste a mí –le recordó con falsa suavidad.

Ella levantó la barbilla en el aire.

–¿Y te resultó difícil perdonar eso?

–Él apretó la mandíbula.

–Tu nota era suficiente.

–Me alegro de que pienses así –dijo ella con un toque de sarcasmo.

Damien hizo una mueca.

–Dijiste que querías terminar nuestra aventura –le recordó–. También dijiste que no intentara hacerte cambiar de idea.

–Y a ti te interesaba creerme, ¿no es así?

–¿Quieres decir que mentiste? –preguntó él, con un nudo en el estómago.

Ella apartó la vista, como si supiera que estaba en aguas peligrosas. Suspiró.

–No. Era la verdad. Lo nuestro había terminado.

Damien sintió una opresión en el pecho. Lo de ellos estaba lejos de haber terminado. Lo había comprendido así al verla salir del ascensor y caminar hacia él como una visión celestial.

–No, no creo que haya terminado –musitó.

Gabrielle se enderezó en el asiento.

–¿En serio? Es evidente que entonces no pensabas así.

–Cierto. Pero entonces teníamos otras prioridades.

Ella inclinó la cabeza, pero no pudo ocultar una expresión de alivio en los ojos.

–Sí, los dos teníamos muchas cosas entre manos.

–Y yo permití que se entrometieran donde no debían –Damien hizo una pausa–. Las cosas han cambiado.

Ella pareció sobresaltada.

–¿Cambiado?

Ahora que había vuelto a verla, tendría que hacer algo para quitársela de la cabeza. Del modo más agradable posible, por supuesto.

–Es hora de volver a casa, Gabrielle. Tu padre te necesita –y él también la necesitaba.

Ella bajó la vista y alisó con las manos la parte delantera de su chaqueta de seda. Volvió a alzarla, como si tomara una decisión.

—Lo siento. Por favor, dile a mi padre que le deseo todo lo mejor, pero no volveré.

Aquello no era aceptable.

—¿Y si muere?

Ella hizo una mueca.

—No lo digas —susurró.

Damien no podía permitirse ablandarse. No en ese momento. Tenía un trabajo que hacer.

—Tienes que afrontar los hechos. Tu padre está gravemente enfermo. Necesita verte.

—Damien, yo no puedo...

—¿Ni siquiera por tu madre?

Ella abrió mucho los ojos.

—¿Qué? ¿Mi madre? ¿Cuándo has hablado con mi madre?

—Caroline llegó a casa hace un par de días, cuando se enteró del ataque de tu padre.

Gabrielle apretó las manos juntas.

—No, ella jamás lo perdonará —su madre jamás volvería con su padre. Caroline, al marcharse, había jurado que el matrimonio estaba acabado.

—Lo ha hecho. Y creo que tú también deberías.

—Mientes. Esto es un truco.

—Nada de trucos, lo juro. Gabrielle, tu madre me ha pedido que venga a buscarte. En este momento te necesita.

Ella se encogió en la silla.

—Eso no es justo.

—Yo no he dicho que lo sea —musitó él, con cierto dolor. A pesar de todo lo ocurrido, Gabrielle tenía padres que se interesaban por ella. No había dejado de existir para ellos, como él para los suyos. Tenía una segunda oportunidad con su familia. Damien dudaba de que sus padres hubieran querido alguna vez una segunda oportunidad. Habían estado demasiado metidos en sí mismos... habían sido demasiado egoístas para considerar que su hijo pudiera necesitar su atención.

Sólo pensar en ello hacía que le dolieran los músculos de la espalda y se le tensara el cuello.

—Oye, si no puedes volver por tu padre, hazlo por tu madre.

Ella lo miró de hito en hito.

—No puedo irme de aquí y dejarles todo a otras personas. El negocio va bien. Tenemos eventos importantes a la vista.

—Estoy seguro de que pueden arreglárselas sin ti.

—Ésa no es la cuestión.

—¿Y cuál es? —la retó él. Ella sólo buscaba excusas y los dos lo sabían.

Gabrielle le sostuvo la mirada largo rato, hasta que sus ojos se nublaron y suspiró rendida.

—Vale, iré a casa. Pero sólo me quedo hasta que mi padre esté fuera de peligro.

—Trato hecho —antes de eso, él habría conseguido meterla en su cama y sacársela de la cabeza.

Aquella idea le resultó muy satisfactoria.

Mucho después de que estuvieran en el aire, de camino hacia Darwin, en el Territorio Norte de Australia, Gabrielle terminó sus numerosas llamadas telefónicas para explicar la situación a sus clientes y apagó el móvil. Antes de que el avión hubiera salido de Sidney, había hablado con Eileen, que se había mostrado muy comprensiva y le había hecho prometer que la llamaría en cuanto se hubiera instalado.

La querida Eileen. De no haber sido porque ella la

había acogido y tratado como una de sus hijas, Gabrielle sabía que las cosas podían haberle ido mucho peor. Eileen la había ayudado mucho.

También Lara y Kayla, las hijas de Eileen. De no ser por ellas tres, no sólo habría estado sin casa al llegar a Sidney, sino que además habría tenido que tragarse el orgullo y pedir ayuda a su padre después del accidente de coche.

Con el corazón dolorido, miró a Damien Trent, que iba sentado enfrente de ella leyendo unos papeles de negocios que había sacado del maletín. ¡Si él supiera! Pero no. No podía pensar en eso. Pensaría en él. Así se distraería.

A sus treinta y cuatro años, Damien era tan esbelto como siempre, con cabello moreno y ojos verde musgo que siempre la dejaban sin aliento. Eran una combinación mortal.

Su Damien.

El hombre al que había amado sin ninguna duda cinco años atrás. El hombre al que había mostrado su alma. El hombre por el que habría estado dispuesta a morir. ¿Cómo había tenido valor para alejarse de él, sabiendo que esperaba un hijo suyo?

¿Pero cómo quedarse a su lado cuando sabía que no la amaba? Su relación nunca había sido de amor. Por lo menos, no por parte de él.

Oh, no dudaba de que se habría casado con ella en cuanto hubiera sabido que estaba embarazada. Pero ella no quería eso. Y menos después de la rabia borracha de su padre la noche que le dijo que se fuera, la noche que ella decidió que prefería que su hijo no tuviera padre a que tuviera uno que no amara a su madre. No podía soportar la idea de que Damien la tratara con desdén delante de su hijo en años venideros. Ella había sido esa hija con sus padres, y no era una sensación agradable.

No, había sido mejor cortar los lazos entonces. Y desde ese momento, había decidido que tenía que protegerse todo lo posible. El amor conllevaba demasiado dolor, y ella no quería dejar entrar a nadie en su corazón. Y no lo había hecho.

Hasta ese día.

Hasta que Damien había vuelto a su vida.

Se dio cuenta de que él la estaba mirando.

–¿Va todo bien? –preguntó Damien, con una luz en los ojos que iba más allá de lo sexual, como si quisiera descifrar sus pensamientos. Una luz que la hacía sentirse incómoda.

Gabrielle asintió con la cabeza y apartó la vista para mirar por la ventanilla el cielo azul que los rodeaba. Bajó la vista hacia el suelo. Hacía rato que habían dejado atrás el polvo rojo del Outback y ahora sobrevolaban la zona verde, que se hacía más verde cuanto más se acercaban a la costa.

Pasó el tiempo y al fin pudo ver en la distancia el océano de la punta superior de Australia. Lo miró, dejándose absorber por él. Allí era donde había nacido... donde había crecido... había sido feliz y triste... y le habían roto el corazón.

–Estás en casa –dijo Damien, cuando el avión se acercaba ya a la pista. Debajo de ellos, la ciudad de Darwin resplandecía bajo el sol tropical.

Gabrielle sintió un nudo en la garganta y tuvo que parpadear con rapidez. Por mucho que se lo hubiera negado a sí misma todos esos años, Damien tenía razón. Aquél era su hogar. El hogar estaba donde estaba el corazón.

Y el suyo siempre había estado allí.

Capítulo Dos

Cuando aterrizó el avión, atravesaron la capa invisible de humedad que los recibió y entraron en el BMW que los esperaba para llevarlos al hospital privado.

Gabrielle intentaba controlar su aprensión, pero ahora ya sólo podía pensar en su padre. La distancia emocional que tanto se había esforzado por crear desaparecía rápidamente. No importaba lo que hubiera ocurrido entre ellos, él seguía siendo su padre y ella lo quería a pesar de todo, y la idea de que pudiera morir le producía un nudo en la garganta.

En cuanto a su madre, le sorprendía todavía que Caroline Kane hubiera regresado a casa para volver a su papel de esposa. Su madre había sido un felpudo bien pagado para su marido rico, pero la infidelidad era una cosa que no estaba dispuesta a soportar. Caroline se marchó de casa cuando se enteró de que Russell había tenido una aventura con su secretaria. Tan alterada estaba, que no se llevó con ella a su hija adolescente, a pesar de que Gabrielle se lo suplicó.

Repetidamente.

¿Tenía valor para verlos de nuevo a los dos? Ahora sabía muy poco de ellos. Eran sus padres, pero le habían hecho mucho daño. ¿Cómo tenía que tratarlos? ¿Como a padres? ¿Como a extraños?

Y mientras subía en el ascensor, se preguntó si acaso importaba algo de eso. Cuando llegaron a su planta, una mujer atractiva salía de la habitación situada enfrente del ascensor. Gabrielle la vio volverse hacia ellos como a cámara lenta. Y un escalofrío recorrió su cuerpo.

–¿Mamá? –murmuró.

La mujer se quedó paralizada. Abrió mucho los ojos y la boca, pero no emitió ningún sonido.

Gabrielle la miró. La mujer guapa pero poco llamativa que siempre llevaba ropa discreta y el pelo moreno recogido en un moño había desaparecido. En su lugar había una mujer vibrante de cincuenta años, con un corte de pelo muy estiloso y ropa a juego.

De pronto Caroline se acercó a ella.

–¡Gabrielle! –abrazó a su hija con fuerza.

Gabrielle no podía respirar. Estaba rígida. Una parte de ella quería fundirse en el abrazo y admitir que había echado de menos aquella sensación. Después de todo, era su madre. La mujer que le había dado la vida.

También era la mujer que había dejado a su hija adolescente para que lidiara sola con un padre cada vez más volátil.

Caroline se apartó con lágrimas en los ojos.

–¡Oh, Dios mío! No puedo creer que seas tú, querida –parpadeó con rapidez, sin notar al parecer la falta de respuesta de Gabrielle–. Déjame verte. Eres guapísima –miró a Damien con lágrimas en los ojos–. Es muy hermosa, ¿verdad, Damien?

Gabrielle se obligó a mirar a Damien, que sonreía a su madre.

–Sí, Caroline. Muy hermosa.

A pesar del momento, su comentario produjo a Gabrielle un cosquilleo cálido. Siempre había sabido

13

que él la consideraba atractiva, pero oírselo decir después de tanto tiempo separados hizo que se sonrojara.

—Oh, ya verás cuando tu padre sepa que estás aquí —comentó Caroline—. Será la mejor medicina.

—¿Como está, mamá? ¿Qué han dicho los médicos?

Caroline le apretó el brazo.

—Querida, está mejor de lo que esperábamos.

—¡Gracias a Dios!

—Sí, gracias a Dios —repuso Caroline con voz temblorosa. Se acercó a Damien y le dio un beso en la mejilla—. Y gracias por traer a mi hija a casa. No te imaginas cuánto significa esto para Russell y para mí.

—Ella quería venir —Damien miró a Gabrielle con ojos burlones—. ¿No es verdad?

Gabrielle le sostuvo la mirada, pero tenía el rostro tenso.

—Sí —mintió.

Su madre pareció notar por primera vez su falta de calor. La luz de sus ojos se apagó un tanto.

—Querida, sé que tenemos muchas cosas que decirnos —empezó con cautela—. Pero quizá puedan esperar un poco. Antes vamos a pasar por esto.

Gabrielle asintió, agradeciendo la sugerencia de su madre. El pasado no desaparecía porque su padre estuviera enfermo, pero tampoco era el momento oportuno para airear agravios.

Caroline sonrió.

—Bien. Ahora vamos a ver a tu padre —se volvió hacia la habitación de la que acababa de salir—. Se supone que no debe tener visitas aparte de mí, pero estoy segura de que tú podrás verlo un momento —se detuvo en la puerta y la miró—. Prepárate, querida. No está en su mejor momento.

Un rato después, de pie al lado de la cama de su

padre, Gabrielle reconoció que su madre tenía razón. Sus ojos se humedecieron al ver el cuerpo tumbado de su padre, con las sábanas blancas y la venda en la cabeza realzando su piel cenicienta, y el cuerpo más delgado de lo que recordaba.

Extendió el brazo y le tocó la mejilla con gentileza. Él movió levemente la cabeza pero no se despertó, y ella se mordió los labios. Daba la impresión de que él supiera que estaba allí.

En ese momento entró la enfermera y aconsejó con tono compasivo que sólo podía haber una visita y quizá Gabrielle y Damien pudieran volver al día siguiente. Gabrielle asintió con la cabeza, se inclinó y besó a su padre en la mejilla.

–Te quiero, papá.

Sintió la mano de Damien en el brazo y lo miró, sorprendida por la comprensión que expresaban sus ojos. Se dejó conducir fuera de la habitación. Su madre los siguió.

–Querida –dijo Caroline cuando ya estaban fuera–, me gustaría ir a casa contigo, pero tengo que quedarme uno o dos días al lado de tu padre, hasta que esté fuera de peligro.

–Mamá, no te preocupes. Puedo estar sola en casa.

Su madre la miró preocupada.

–Pero ése es el problema. Acababan de empezar a reformarla cuando le pasó esto a tu padre, y yo he dejado que siguieran porque duermo aquí en el hospital. Pero hay muchos hombres extraños trabajando en la casa y no quiero que estés sola allí.

Gabrielle aceptaba su preocupación. Y no estaba segura de querer estar en la casa de todos modos. Había demasiados malos recuerdos.

–En ese caso, me quedaré en un hotel.

Su madre chasqueó la lengua.

–Oh, pero tampoco quiero que te quedes en la habitación impersonal de un hotel.

–Mamá, tengo que dormir en alguna parte –medio bromeó Gabrielle. Y sintió una ligera aprensión cuando vio que Damien enarcaba las cejas.

Él miró a su madre.

–No te preocupes, Caroline. Gabrielle puede quedarse en mi piso. Incluso le alquilaré un coche para que pueda moverse.

Gabrielle se puso tensa.

–No, eso no es nece... –empezó a decir, hasta que Damien le lanzó una mirada oscura que le hizo guardar silencio.

–Eso es maravilloso, Damien. Me sentiré mucho mejor sabiendo que tú estás cerca.

–Tú concéntrate en ayudar a Russell a mejorarse.

–Pero... –empezó a decir Gabrielle, que no quería estar tan cerca de aquel hombre. Habían sido amantes. Sentía todavía atracción por él. No podía vivir con él, aunque fuera sólo un día.

–No es problema, Gabrielle –la interrumpió Damien, con un tono que no admitía réplica.

Caroline abrazó a su hija.

–Querida, deja que Damien te cuide unos días. Me alegro mucho de que estés aquí. Y tu padre también se alegrará cuando despierte.

Gabrielle quería decir que no necesitaba que la cuidaran, pero Caroline ya besaba de nuevo a Damien en la mejilla.

–Cuida de mi hijita. Para mí es algo precioso.

–Lo haré.

Otra enfermera entró en ese momento en la habitación y resultó evidente que Caroline estaba ansiosa por seguirla. Gabrielle sabía que no había nada que pudiera hacer excepto intentar paliar su preocupación.

–Mamá, vuelve con papá. Nos vemos mañana.

–Gracias, querida –dijo Caroline con calor antes de volver a la habitación.

Y Damien y ella se quedaron solos.

Tan solos como estarían en el piso de él.

–No sé por qué le dices a mi madre que me quedaré en tu casa. Prefiero un hotel.

Damien frunció el ceño. La tomó del brazo y echó a andar hacia el ascensor.

–Ya has oído a Caroline. Está preocupada por ti y quiere saber que estás a salvo.

–¿Contigo? –se burló ella.

–Conmigo siempre estás a salvo, Gabrielle –él la miró a los ojos–. De quien no estás segura es de ti misma.

En ese momento se abrieron las puertas del ascensor y Gabrielle entró con rapidez y se colocó apartada de él.

Las puertas se cerraron y se quedaron solos.

–Sería más fácil si me voy a un hotel –insistió ella con terquedad, sabiendo que era una batalla perdida, pero decidida a luchar de todos modos.

Damien miró su reloj como si todo le diera igual.

–En mi piso hay una habitación vacía. Puedes utilizarla.

–Antes no tenías una habitación libre –comentó, por decir lo primero que se le ocurrió para intentar ocultar su nerviosismo.

–Porque antes no tenía este piso –replicó él.

Ella se sonrojó.

–Muy bien –dijo, dispuesta a ceder antes que empezar a farfullar como una idiota–. Pero sólo serán unos días.

Una expresión satisfecha cubrió el rostro de él.

–Entonces está decidido –dijo Damien.

Se abrió la puerta del ascensor y entraron más personas.

Damien y Gabrielle se situaron en la parte de atrás, pero ella seguía muy consciente de la proximidad de él. Intentó resistir el impulso de mirarlo de soslayo, pero decidió que una sola mirada no tendría nada de malo.

Y ése fue su error.

Los ojos de él se posaban en su cuerpo, e hicieron que se endurecieran sus pezones debajo de la tela ligera del traje. Lo último que esperaba al vestirse esa mañana era tener que enfrentarse a la mirada intensa de un hombre que había sido su amante y conocía cada centímetro de su cuerpo.

Y encima, iba a quedarse en su piso.

Tener a Gabrielle en su piso era más de lo que Damien esperaba en el primer día de ella en la ciudad, pero sabía que tenía que ir paso a paso. La quería en su cama, pero también quería una compañera de cama bien dispuesta y estaba decidido a esperar hasta que ella estuviera preparada.

No sería una espera larga.

Se duchó, cambió para la cena y llamó para pedir que les llevaran comida.

Se sentó en el sofá a trabajar un rato, aunque su mente seguía desviándose a Gabrielle y sus padres. Tenía que admitir que Russell no había sido el mejor padre del mundo después de que Caroline se fuera unos años atrás. Y no sabía lo que había ocurrido antes de eso. Entonces él no los conocía, pues se había ido unos años a Melbourne, donde había hecho fortuna. Y en el transcurso de esos años, sólo se desplazaba a Darwin de vez en cuando para jugar al póquer con sus amigos Brant y Flynn.

Hasta que un día decidió que echaba de menos el trópico y volvió a casa para quedarse. El azar quiso que Russell buscara en ese momento un socio en los negocios y Damien buscara el modo de hacer más dinero. Había creado su propia compañía y ganado millones. Todo había salido bien.

Hasta ese momento.

Hasta que Gabrielle Kane había vuelto a entrar en su vida.

Igual que entraba en ese momento en la sala de estar, vestida con un top de ganchillo sin mangas color tierra y pantalón blanco largo que se pegaba a su figura y le daba un aspecto informal pero estiloso.

—¿Tienes hambre? —preguntó él. Dejó los papeles a un lado y se levantó.

—Una poca.

Damien echó a andar hacia la mesa del comedor situada en el rincón.

—Está todo preparado.

Ella lo siguió despacio y frunció el ceño al ver la mesa llena de comida.

—¿Esperas a más gente?

—No. Sólo nosotros. He pedido la cena al restaurante de enfrente —el chef se había pasado un poco con las ensaladas tropicales y los platos de gambas y langosta, salmón de Tasmania y pescado—. Les he dicho que hubiera mariscos y pescado —comentó para que ella supiera que había recordado cómo le gustaba ese tipo de comida.

Gabrielle se sonrojó.

–Gracias, pero dudo de que le haga justicia.

–No importa. Mi asistenta estará encantada de llevarse lo que sobre –él le apartó la silla–. Siéntate aquí.

Ella hizo lo que le sugería. Damien se sentó a su vez y sirvió vino en las copas.

La mirada de ella vagó por la habitación.

–Es un piso muy bonito.

–Lo sé. Por suerte para mí, uno de mis amigos se casó con una mujer con mucho talento a la que le encanta decorar.

El piso ya estaba bien antes, pero Danielle le había dado más ideas y él no había querido contradecirla. Flynn y él habían sonreído mientras ella le prometía con entusiasmo un piso amueblado con estilo y sofisticación, ideal para un ejecutivo. Y había cumplido su promesa. La zona abierta que incluía el comedor y la sala de estar tenía una luz natural abundante y vistas magníficas del muelle. Sin duda, ella había hecho un buen trabajo.

–Es precioso –asintió Gabrielle.

–Igual que tú –dijo él, sosteniéndole la mirada. Un día pronto la tendría en sus brazos. Y le demostraría lo encantadora que pensaba que era.

A ella le latió el pulso en la base de la garganta.

–Sabes, de pronto tengo mucha hambre –dijo con voz ronca, y empezó a llenar su plato de comida.

Él también tenía, pero no era hambre de comida. La espera resultaba más dura de lo que había anticipado.

Sería más fácil cuando dijera lo que tenía que decir. Ella no se sentiría tan plácida entonces. Comieron un rato en silencio, escuchando la música suave de fondo, pero al fin él supo que no podía posponerlo más. A ella no le iba a gustar.

Levantó su copa en un brindis.

–Por ti, Gabrielle.

Ella abrió mucho los ojos.

–¿Por mí?

–Por tener el valor de volver a casa.

Gabrielle pareció agradablemente sorprendida. Levantó su copa y la chocó con la de él.

–Gracias –dijo con suavidad.

Él tomó un sorbo de vino.

–Tu madre se ha alegrado de verte.

–Sí.

–Imagino que Russell también se alegrará.

–Sí.

–¿No te alegras de haber venido?

Ella arrugó un poco la frente y lo miró confusa.

–Sí, me alegro.

Damien se recostó en su silla.

–¿Y te alegras de estar en Darwin?

Ella lo miró con recelo.

–Vale, ¿a qué viene esto?

Damien se echó hacia delante y dejó su copa en la mesa.

–Tu primo ha asumido el control del Grupo Financiero Kane.

Su primo era idiota.

Un idiota peligroso.

Gabrielle lo miró sorprendida.

–¿Keiran? ¿Cómo narices se ha mezclado él en todo esto?

Damien apretó los labios.

–Hace unos años tu padre le vendió el cuarenta por ciento de la empresa.

Gabrielle se enderezó en su silla.

–¿Qué? ¿Por qué hizo eso?

—Russell quería mantenerla en la familia si le ocurría algo, y Keiran lo convenció de que le vendiera esas acciones.

Damien había aconsejado a Russell que no lo hiciera, pero él parecía ciego en lo referente a su sobrino, y ahora su empresa, que se especializaba en financiar inversiones en propiedades en Australia y en el creciente mercado asiático, estaba pagando el precio.

—Tu padre también dejó instrucciones escritas a su abogado de que, si quedaba incapacitado, tú recibirías también un cuarenta por ciento.

—¿Qué?

—Que ahora cada uno de vosotros tenéis un cuarenta por ciento del Grupo Financiero Kane.

Ella movió la cabeza.

—No me puedo creer que esté oyendo esto.

—Créetelo.

—¡Oh, Dios mío! —ella se quedó un momento inmóvil, con aire atónito.

—Keiran lleva ya unos años en la empresa y conoce el negocio. En cuanto Russell tuvo el ataque, se hizo con el control. Tu primo siempre ha sido muy rápido cuando puede ganar algo.

—Lo sé.

Damien esperó un momento.

—Y por eso precisamente tienes que estar aquí.

—¿Yo?

—Sí.

Ella abrió mucho los ojos.

—¡Santo cielo! No esperarás que empiece a dirigir una empresa multimillonaria, ¿verdad?

—¿Por qué no? Keiran lo ha hecho. Ya ha tomado decisiones que le provocarían otro ataque a tu padre si se enterara, y no podemos hacer nada por detenerlo –la única persona que podía detenerlo estaba sentada allí–. Si tú asumes el control, con un poco de suerte, Keiran regresará a su despacho, donde no pueda hacer más daño.

–Pero Keiran tiene tantas acciones como yo. No cederá el puesto de jefe.

Damien apretó la mandíbula.

–Deja que intente quedarse.

–Espera. ¿Por qué no me has contado todo esto en Sidney?

–¿Habrías venido a casa?

–No lo sé –contestó ella con la frente arrugada–. Y no comprendo por qué mi padre me ha dejado un cuarenta por ciento.

–Quizá esperaba que volvieras si te necesitaba. Y ahora te necesita.

–Quieres decir que le pareció que era un buen modo de chantajearme para que volviera a casa si me necesitaba. Todo sigue girando a su alrededor, ¿no es así?

–Tu padre no querría que hicieras esto si no te creyera capaz –dijo Damien ignorando sus palabras.

Ella levantó los ojos al cielo.

–O sea, que también me ha estado espiando.

Damien no lo sabía, pero le parecía muy probable.

–Pero no siempre me cuenta sus cosas –había sido un amigo y un mentor para él, pero no le había hablado de su hija hasta hacía poco–. Oye, yo te ayudaré. He delegado algunos de mis asuntos. Tengo tiempo.

Ella lo miró con aprensión.

–¿Te refieres a trabajar conmigo todos los días?

–Sí –y si podía hacer pronto el amor con ella, mejor.

Los hermosos ojos azules de ella se endurecieron.

–¿Qué ganas tú con esto, Damien?

Él le devolvió la mirada.

—Quiero ayudar a Russell. Le debo mucho.

—Eso es muy amable por su parte —dijo ella con cierta frialdad tras un rato.

Damien apretó los labios.

—Admiro a Russell y lo que ha logrado.

—Y mira el precio que ha pagado —señaló ella—. Perdió a su esposa, a su hija y ahora está perdiendo su empresa. No lo admires, Damien. Compadécelo.

—¿Y por qué no lo haces tú? —la retó él—. Vamos, Gabrielle. Dímelo. ¿Por qué no muestras ninguna compasión por tu padre?

—Estoy aquí, ¿no? —dijo ella rebelándose.

—De mala gana.

Ella bajó la mirada a la mesa.

—Puede que sí, pero quiero a mi padre —levantó los párpados—. Pero aunque quisiera ayudar más, hay límites a lo que yo puedo hacer.

—¿Cómo lo sabes? No lo has intentado.

Ella curvó los labios con sarcasmo.

—Tu comprensión me admira.

Damien esperó un momento para decir lo que tenía que decir.

—Tú eres la única que puede salvar la empresa de la ruina.

—¿Y qué hay de mi madre? —preguntó ella, con expresión esperanzada—. Quizá pueda traspasarle mis acciones y ella pueda impedir que Keiran se haga con la empresa. Sólo tiene que aparecer y tú harás el resto.

—¿Tú le pedirías eso a tu madre con lo que está pasando ahora?

—¿Pero a mí sí se me puede pedir? —ella hizo una mueca y un leve sonrojo tiñó sus mejillas—. Eso ha sonado egoísta. No quería decirlo así.

–Caroline ya tiene bastante con cuidar ahora de tu padre.

–¿Y si yo no quiero tomar parte en esto?

–No creo que puedas perdonarte si tus padres lo pierden todo.

–Vale, vale, lo intentaré –replicó ella–. Pero cuando mi padre esté mejor, me marcharé y volveré a Sidney. No lo olvides.

–Ya lo has dejado muy claro –pero él estaba más que satisfecho.

Por el momento.

Ella dejó la servilleta en la mesa y se puso en pie.

–He perdido el apetito. Creo que iré a mi habitación. Buenas noches.

Resultaba muy claro que quería estar sola. Damien inclinó la cabeza.

–Buenas noches, Gabrielle.

La miró alejarse con un movimiento de caderas que atraería la atención de cualquier hombre. Pero él no era cualquier hombre. Había sido su amante, aunque no su confidente.

Y ella lo había abandonado sin ni siquiera despedirse. Y su alejamiento había dejado una pérdida que sólo reconocía ahora que había vuelto a verla. Una pérdida que era más profunda de lo que había esperado. Y debido a eso, sentía una rabia extraña bajo la superficie. Una rabia que no estaba dispuesto a afrontar. Quizá cuando se cansara del cuerpo de ella, no tuviera que afrontarla.

Capítulo Tres

Gabrielle se retiró a su habitación y se acercó a la ventana a mirar el muelle. Estar cerca de Damien no contribuía a aclararle la mente. Siempre parecía estar observándola, esperando a que bajara la guardia. Y mantener la guardia alta resultaba agotador cuando tenía otras cosas en las que pensar.

Le sorprendía que su padre le hubiera dejado el cuarenta por ciento de las acciones de la empresa. Por supuesto, no había podido dejarle el sesenta por ciento restante... y ella tampoco las quería.

No, se había guardado las espaldas. Le había dado un control limitado de su empresa, pero reteniendo un veinte por ciento de las acciones para sí mismo por si su incapacitación resultaba ser sólo temporal. Y eso era muy típico de su padre. Él jamás entregaba el control del todo.

En cuanto a que Keiran tuviera otro cuarenta por ciento de las acciones, eso era una preocupación justificada. Su primo nunca había pasado por alto una oportunidad, hubiera lo que hubiera en juego, ya se tratara de ponerle la zancadilla de niña para llegar antes a la piscina o de hacerle la pelota a su padre durante la separación de su mujer. No tenía dudas de que Keiran era capaz de todo. Sentía una antipatía profunda por él. Era la persona que menos debía estar al cargo de una empresa multimillonaria.

En cuanto a Damien, también era típico que no le hubiera hablado antes de eso. Si no lo conociera, se sentiría tentada a pensar que era como Keiran, que guardaba secretos para usarlos en beneficio propio.

Pero ella sabía que no era como Keiran.

En absoluto.

Damien no era traicionero, sólo arrogante. No lo imaginaba poniéndole a nadie la zancadilla para llegar antes a la piscina. Simplemente no era ese tipo de persona. Damien podía manipular para conseguir lo que quería, oh, sí, eso se le daba bien. Pero había una diferencia. No mentía ni hacía trampas. Si decía algo, lo decía en serio. Si daba su palabra, la mantenía.

Ni en sus sueños más disparatados hubiera imaginado ella que iba a pasar otra noche durmiendo bajo el techo de Damien. Y además en habitaciones separadas. Pero mejor así. Cuando lo conoció, él era un hombre sensual y ella sabía que eso no había cambiado. Recordaba aún la fuerza de su deseo el día que entró en aquella reunión con su padre y sintió la mirada de un hombre desde el otro lado de la sala.

Damien.

Una mirada intensa.

Pero eso era todo lo que había habido con él. Sólo lo había conocido en el plano físico, no en el sentimental. Durante dos meses gloriosos de verano, todo había sido sexo y atracción por parte de él, mientras ella se había enamorado perdidamente.

Y había querido que él la amara a su vez, pero eso no iba a ocurrir nunca. Ella lo había comprendido así el día que se fue de su casa para siempre. Y eso le había dado fuerzas para no mirar atrás. Si lo hubiera hecho, su resolución se habría debilitado y habría ido corriendo a echarse en sus brazos.

Pero no habría podido entrar en su corazón.

Había tardado años en superar aquello, pero el tiempo y la distancia habían puesto las cosas en perspectiva. Había sido lujuria, no amor. Atracción, no afinidad. En las horas que tardó en quedarse dormida se recordó una y otra vez lo importante que era no olvidar eso. Cuando al fin consiguió dormir, el agotamiento le produjo alivio de los pensamientos que bullían en su mente, y cuando entró a la mañana siguiente en la cocina, se sentía mejor de lo que hubiera esperado.

Hasta que vio a Damien de pie ante la encimera, contemplando la taza de café que tenía en la mano como si contuviera los secretos de la vida y la muerte. Era evidente que no la había oído entrar, porque no se movió. Era extraño, pero parecía... solitario.

Debió de hacer ruido, porque él levantó la cabeza y sus ojos adquirieron un brillo seductor.

–Ah, la hija pródiga ha despertado –musitó. Pasó la vista por el vestido rojo sin mangas ceñido a la cintura con un cinturón del mismo tejido y los zapatos de tacón a juego.

–Y buenos días a ti también –repuso ella con frialdad, obligándose a ignorar la atracción física que sentía. ¿Y qué si iba vestido con pantalones oscuros y una camisa blanca que parecían hechos adrede para su cuerpo?

Damien la observó un momento y colocó la taza en la encimera detrás de él.

–He llamado al hospital. Russell está tan bien como cabría esperar.

Gabrielle sintió una punzada de ansiedad al pensar en su padre.

–Gracias. Iba a llamar ahora –se acercó a la cafetera–. Pienso ir a verlo pronto.

–Han dicho que no vayamos hasta esta tarde. Al parecer, esta mañana quieren hacerle pruebas. Pero tu madre ha dicho que no hay de qué preocuparse.

Gabrielle se sirvió una taza de café.

–En ese caso, iré a ver a Keiran. De todos modos pensaba hacerlo.

–¡Ah! Por eso te has vestido así.

Gabrielle levantó la vista y se encontró con que los ojos de él volvían a recorrer su cuerpo. Contuvo el aliento.

–No pienso ir al despacho de mi padre con vaqueros y camiseta.

–Podrías suscitar comentarios favorables.

–Es más probable que me indicaran el armario de la limpieza –lo miró por encima del borde de la taza.

Damien sonrió. Una sonrisa rara que a ella le hizo perder el equilibrio. Por un momento no pudo hacer otra cosa que mirarlo a través de la estancia.

La sonrisa desapareció y los ojos de él se oscurecieron. Avanzó hacia ella y a Gabrielle le dio un vuelco el corazón. Damien se detuvo ante ella, le quitó la taza y la dejó en la encimera a su lado.

–Ha pasado mucho tiempo –dijo con voz ronca, con una voz tan australiana, tan espesa y deliciosa que envolvió el corazón de ella como un amigo largo tiempo perdido–. ¿Me has echado de menos?

Gabrielle tragó saliva.

–¿Un oso echa de menos un dolor de muelas? –consiguió decir; pero su voz sonaba sin aliento.

Damien soltó una risita y bajó las manos por los hombros de ella con una facilidad que sólo un ex amante puede conseguir.

–Hum. Me gusta tu pelo, así de largo –envolvió provocativamente su dedo con uno de los rizos rubios que caían sobre el cuello de ella–. Te sienta bien.

Ella se estremeció cuando el aliento cálido de él la impregnó con su aroma mentolado. Le parecía que había pasado muy poco tiempo desde que podía apoyarse en la pared dura de su pecho y disfrutar de su fuerza. Y menos tiempo aún desde que habían hecho el amor con una pasión que la dejaba sin aliento.

–Eres todavía más hermosa de lo que recordaba –murmuró él, y bajó las manos por las caderas de ella.

De cerca, su mirada verde era como una caricia; su aroma masculino, muy seductor; la tensión entre ellos crecía hasta abrumarla, impidiéndole respirar, haciéndole olvidar que no quería estar nunca más tan cerca de él como para ver el iris de sus ojos esmeralda ni quería tocar sus labios gruesos ni mucho menos recordar que una vez había anhelado sentirlos en su cuerpo.

–Basta –susurró, odiándose a sí misma por dejarse afectar de ese modo.

–¿Qué basta?

–Damien...

–Gabi...

Gabi. Sólo la había llamado así una vez antes. Cuando estaba dentro de ella y ella recibía sus embestidas con ardor. Habían llegado juntos al clímax. Había sido la única vez que ella se había sentido su igual y no una jovencita hija de su socio.

De pronto tuvo que salir urgentemente de la cocina.

Era demasiado pequeña.

No había suficiente aire.

Apartó las manos de él de su cuerpo y se volvió hacia la puerta, sin saber si Damien le había alquilado ya un coche, pero dispuesta a tomar un taxi de ser necesario.

–Tengo que ir a ver a Keiran... en el despacho... por si se marcha –sabía que estaba farfullando, pero no podía evitarlo.

Él se situó detrás de ella y le puso la mano en el brazo para detenerla.

–Voy contigo –dijo con voz ronca y con sus ojos verdes llenos de deseo.

Su contacto hizo que a ella le subiera un escalofrío por la columna.

–No es necesario.

Él apretó los labios y dejó caer la mano.

–Dije que te ayudaría y lo haré. No subestimes a Keiran. Seremos más fuertes juntos, Gabrielle.

Ella rió con nerviosismo.

–Yo conozco a mi primo.

–Entonces sabes que me necesitas a tu lado.

Por mucho que le costara aceptarlo, lo que él decía era cierto. Ella asintió con la cabeza.

–Vale, pero luego tengo que alquilar un coche para moverme sola.

Sabía que había cedido, pero sabía también que su renuencia a aceptar la ayuda de Damien tenía más que ver con su necesidad de alejarse de él que con el hecho de que no lo necesitara para lidiar con Keiran.

Dentro del coche no podía dejar de pensar en Damien. Se daba cuenta de que ser deseada por él era más peligroso para ella en ese momento que cinco años atrás. Ahora él querría algo más que entusiasmo juvenil en su cama. Querría una respuesta de mujer, lenta y deliberada, no un entusiasmo apresurado e ingenuo. Y esperaría una compañera de cama madura, capaz de lidiar con una relación sexual sin muchos sentimientos. Había un mundo de diferencia con respecto a cinco años atrás.

Apartó aquellos pensamientos de su mente cuando entraron en el edificio que albergaba las oficinas centrales de la empresa de su padre. La primera persona a la que vio fue uno de los directores a los que recordaba de años atrás. Él la saludó con calor y le expresó su preocupación por el estado de su padre.

–Gracias, James. Me alegro de ver que sigues aquí.

El hombre, de edad madura, miró un instante a Damien y luego a ella de nuevo.

–No por mucho tiempo, me temo. He aceptado una posición en otra empresa. Termino a finales de esta semana.

Gabrielle lo miró con desmayo.

–Oh, lamento oír eso.

–Gabrielle, no tengo nada que perder diciendo esto. Siempre he disfrutado trabajando para tu padre, pero él tardará en regresar. Lo siento, pero no puedo seguir trabajando con el otro hasta entonces.

–¿Te refieres a Keiran? –preguntó ella.

James asintió con la cabeza.

–No me importa decir que creo que ese hombre va a arruinar la empresa con sus ideas. Y no soy el único que se marcha. Dos jefes de departamento han dimitido y hay otro que piensa hacerlo –chasqueó la lengua–. Son hombres que se van a llevar mucha experiencia y conocimientos con ellos cuando se vayan.

Ella intentó mostrarse segura de sí misma.

–James, por eso estoy aquí. Mi padre quería que me ocupara de esto si le ocurría algo, y es lo que pienso hacer.

James pareció aliviado, pero no convencido.

–Keiran no se apartará fácilmente –le advirtió.

Gabrielle le apretó la mano.

–Keiran no tendrá más remedio.

Pero cuando Damien abrió la puerta del despacho de su padre y ella vio a su primo sentado detrás del escritorio como si fuera el dueño de aquello, tuvo que reprimir el instinto de gritarle que saliera de allí enseguida.

Keiran levantó la vista.

–Vaya, vaya. Pero si es mi prima –se puso en pie con una sonrisa falsa y dio la vuelta a la mesa–. Gabrielle, me alegro mucho de verte.

La besó en ambas mejillas y ella apretó los dientes.

–Keiran, no has cambiado nada –era dos años mayor que ella, y a menudo había aprovechado aquella ventaja con ella durante su infancia.

–Tú sigues igual de cariñosa –bromeó él, mirando a Damien.

Pero sus ojos estaban intranquilos y mostraban un brillo despiadado que había estado presente en ellos desde el día en que naciera. Gabrielle pensó que era él al que tenía que haber repudiado su padre y reprimió una punzada de dolor por que hubiera sido ella y no Keiran.

–¿Qué haces aquí, Keiran?

La sonrisa de él se hizo más débil.

–¿Qué crees tú que hago aquí? Alguien tenía que ocuparse de esto cuando a tu padre le dio el ataque.

–En ese caso, te doy las gracias. Agradezco tu interés, pero ahora estoy aquí.

Los ojos penetrantes de él contrastaban mucho con su postura relajada.

–No tan deprisa. No puedes entrar aquí sin más y asumir el control.

–¿Y por qué no? –dijo Gabrielle enarcando las cejas.

Keiran volvió a colocarse detrás de la mesa.

–Has estado fuera cinco años. Y antes de eso, nunca trabajaste aquí en ningún puesto.

Ella se negaba a dejarle ver que su comentario había dado en el clavo.

–Pasé muchas vacaciones escolares trabajando aquí, ¿recuerdas?

–¿Y crees que eso te da experiencia suficiente para dirigir una empresa multimillonaria de inversiones?

–Por lo que he oído, puedo hacerlo mejor de lo que lo has hecho tú –contestó ella con frialdad.

–No sé a qué te refieres.

–Me refiero a que, por lo que me han dicho, estás arruinando la empresa. Todos los jefes de departamento se marchan.

Keiran agitó despectivamente una mano.

–Son viejos y están anquilosados. Necesitamos sangre nueva.

–Eso es un comentario muy duro –protestó ella.

–Tal vez. En eso me parezco tu padre.

Gabrielle se puso tensa.

–Mi padre jamás se libraría de sus empleados.

–¿Seguro? Yo creo que, si los conservaba, era por razones egoístas.

Gabrielle no quería dejarle ver que probablemente tenía razón, por lo que ignoró el comentario.

–Oye, estoy aquí y tengo a Damien para ayudarme.

–No.

–¿Cómo que no? –dijo ella parpadeando.

Keiran la miró de hito en hito.

–Tengo todo el derecho a estar en este despacho. Pregúntale a tu amigo. Por eso ha ido a buscarte para traerte aquí. No te engañes pensando que ha sido por el ataque de tu padre.

—Debería pegarte por decir eso, Keiran —intervino Damien con ojos fríos como el hielo.

—Pero no puedes negarlo.

—Es un comentario que no vale la pena refutar.

Keiran se sentó en la silla con una mueca.

—Debo sugerir que reconsideres tu posición. Poseo el cuarenta por ciento de esta empresa y pienso llevarla a sitios con los que Russell jamás habría soñado.

Gabrielle lanzó un respingo.

—Has mordido mucho más de lo que puedes tragar, Keiran —gruñido Damien.

Keiran se encogió de hombros.

—Estoy el cargo, Damien, te guste o no —tomó un bolígrafo—. Y ahora, si me disculpáis los dos, tengo trabajo. Tengo cambios importantes que hacer.

Gabrielle permaneció un momento atónita.

—No hagas demasiados cambios, Keiran, sólo tendré que deshacerlos más tarde.

Él señaló la puerta con la mano.

—No quiero reteneros más.

Por un momento, Gabrielle creyó que Damien iba a saltar por encima de la mesa y echar a Keiran de la oficina, pero lo vio apretar la mandíbula y abrirle la puerta para que saliera.

No hablaron nada en el ascensor, donde bajaron con otra pareja hasta el aparcamiento del edificio. Pero una vez dentro del BMW, Damien le preguntó:

—¿Estás bien?

Ella parpadeó.

—Sí, estoy bien —dijo, pero se daba cuenta de que no era así. Quizá porque Keiran le había dejado muy mal gusto de boca, de pronto sentía ganas de ir a la casa en la que había crecido. Necesitaba tocar tierra con algo familiar–. No, no lo estoy. Llévame a casa, por favor. A casa de mis padres –respiró hondo–. Sólo un rato.

Damien la miró con expresión inescrutable. Asintió.

–Llevo papeles en mi maletín. Puedo trabajar allí.

Gabrielle sintió resentimiento. ¿Es que no podía ver que necesitaba estar sola?

–O puedes dejarme allí y pediré que me envíen un coche de alquiler.

Él apretó los labios.

–No pienso dejarte sola con un grupo de extraños trabajando allí.

Gabrielle lo miró con fijeza.

–¿Por qué no? ¿Tienes miedo de que me fugue con uno de ellos?

Damien lanzó un juramento.

–No seas ridícula, Gabrielle. Estás enfadada por lo de Keiran. No lo pagues conmigo.

Ella suspiró.

–Perdona, tienes razón. Llévame a casa, Damien.

Él puso el coche en marcha y diez minutos después cruzaban la verja de la casa de sus padres, la casa que ella no había visto en cinco años. Gabrielle miró la mansión de dos pisos y grandes proporciones bañada por el sol tropical australiano. Había crecido jugando a las muñecas en la terraza amplia que rodeaba la casa. Y más tarde había buscado refugio tras los ventanales de su dormitorio con vistas al mar de Timor. Había sido un buen lugar para crecer. Sólo lamentaba que sus padres se hubieran peleado todo el tiempo y no haber tenido un hermano o una hermana con los que compartir cosas.

Por suerte, en cuanto entraron, Damien se alejó

hacia el ruido de los martillazos en la cocina, después de decir que pediría a los obreros que descansaran un rato.

A Gabrielle le resultó raro subir la escalinata hasta el segundo piso. Habían pasado cinco años, pero tenía la impresión de que la hubiera subido el día anterior. Pero cuando abrió la puerta de su antiguo dormitorio, se quedó mirando la estancia perpleja.

La habitación era como una grieta en el tiempo. Todo estaba igual. La cama en la que tan a menudo había llorado de desesperación por los problemas del matrimonio de sus padres seguía cubierta con el mismo edredón. Pósteres de estrellas del pop cuyos nombres le costaba recordar colgaban en las paredes. Y la ropa que había dejado atrás seguía en el armario, casi como si esperara su regreso.

Reprimió un sollozo. Una calidez inesperada la invadió, proporcionándole un alivio nuevo después de su enfrentamiento con su primo. Si necesitaba pruebas de que sus padres la querían, allí estaban. Habían mantenido vivo su recuerdo.

Igual que había hecho ella con su hijo.

El hijo de Damien.

Un hijo que había perdido a los seis meses de embarazo debido al accidente de coche. ¡Cómo deseaba hablarle a Damien de aquel niño no nacido que había amado y perdido! Pero sabía que no podía decírselo... no podría nunca. Aunque a ella no la hubiera querido, no tenía dudas de que sí habría querido a su hijo. Y ella no quería que nadie sufriera ese tipo de dolor.

Y desde luego, no el padre de su hijo.

**

Damien alzó la vista de sus papeles y vio a Gabrielle salir al patio y mirar más allá de la piscina, por encima del césped y los jardines exuberantes.

Sintió una oleada de adrenalina al ver que el sol caía en la cara de ella y hacía resplandecer su piel lisa. La alta humedad de noviembre le pegaba mechones de rizos rubios a la piel del cuello. No podía creer lo hermosa que era. En los últimos cinco años había hecho el amor con otras mujeres, algunas más hermosas que Gabrielle, pero con ninguna de ellas había conseguido... ¿cuál era la palabra que buscaba?

Conectar.

Sí, eso era. Con ninguna de ellas había conectado al mismo nivel de profundidad que con Gabrielle. A un nivel fundamental, que todavía echaba de menos.

Dejó a un lado sus papeles y se levantó del sofá para ir hacia ella.

–Estoy impresionado –dijo, cuando salió al patio.

Ella se volvió y adoptó rápidamente la máscara de impenetrabilidad que él quería siempre arrancarle para llegar a lo que había de verdad en el interior de aquella mujer.

–¿De verdad? ¿Con qué?

Damien se situó a su lado en la balaustrada.

–Contigo –vio que lo miraba con sorpresa–. Me gusta cómo te has enfrentado a Keiran.

La boca de ella se curvó en una sonrisa inesperada, que lo fascinó.

–Bueno, ahora ya lo sabes. No eres el único al que puedo enfrentarme.

–Eso ya lo veo –murmuró, bajando la vista a los labios de ella.

Gabrielle se volvió rápidamente a mirar el jardín.

–Esperemos que mi padre mejore pronto.

–Pasará tiempo antes de que tu padre se recupere lo suficiente para volver al trabajo –suponiendo que volviera alguna vez–. Muchos meses.

Ella suspiró.

–Entonces no hay nada más que pueda hacer aquí. Más vale que me vaya ya.

A Damien se le encogió el estómago. No sólo por la idea de que Keiran pudiera arruinar todo el trabajo de Russell. Sabía que ella volvería a Sidney en cuanto Russell saliera de peligro. Probablemente no se quedaría más de una semana, y eso no era suficiente. La quería en sus brazos y en su cama.

Lo asaltó una idea y se le aceleró el pulso. Era la respuesta a las plegarias de la empresa. Sorprendentemente, él tampoco era reacio a la idea. Últimamente había visto a Brant y Flynn con sus esposas y había tenido la sensación de que se perdía algo especial al no estar en pareja. Y Gabrielle era la única mujer con la que podía imaginarse emparejado.

–Claro que siempre podríamos juntar nuestras acciones y quitarnos a Keiran del medio –sugirió.

Ella lo miró confusa.

–No comprendo. ¿Cómo haríamos eso?

Damien la miró a los ojos.

–Yo también soy accionista. Poseo el otro veinte por ciento.

–¿Qué?

–Y tengo la solución perfecta.

Gabrielle lo miró con curiosidad.

–¿Sí?

–Cásate conmigo –explicó él–. Cásate conmigo y nos aseguraremos de que Keiran nunca vuelva a hacerse con el control de Kane.

Capítulo Cuatro

Gabrielle miró a Damien, incapaz de creer que había oído bien.

–¿Casarme contigo?

Él apretó los labios.

–Eso he dicho.

A ella se le oprimió al corazón. ¿Sabía lo que le pedía?

–¿Pero por qué? Es decir, sé que mi padre te ayudó hace años, pero eso es ir demasiado lejos, Damien.

–No. Yo diría que es ir sólo lo bastante lejos –una expresión de determinación implacable cruzó por su rostro–. Es el único modo de parar a Keiran.

Ella se encogió interiormente e intentó recordar que aquello era por Keiran, no por Damien y ella. Sin embargo, ellos pagarían el precio. Otra vez. ¿Y no habían pagado ya suficiente?

Echó a un lado la cabeza.

–Pero aunque nos casemos, mis acciones seguirán siendo mías y las tuyas, tuyas. Eso no nos da el control.

Damien la miró largo rato.

–Si yo te traspaso el once por ciento de las acciones como regalo de boda, sí.

–¡Cómo! –exclamó ella. Lo miró con incredulidad.

Damien enarcó una ceja.

–¿Se te ocurre un modo mejor de librarse de Keiran?

Ella tragó saliva con fuerza.

–Tiene que haber otro modo –se esforzó porque su voz no mostrara la desesperación que sentía.

–Si lo hay, me gustaría mucho oírlo.

–Déjame hablar con Keiran otra vez. Estoy segura de que pudo hacerle entrar en razón.

–Keiran sólo entrará en razón si puede ganar algo con eso. Y no creo que nada de lo que le ofrezcas le haga soltar el sillón de jefe. ¿Y tú?

Él tenía razón. Ella no tenía nada que pudiera convencer a Keiran de apartarse.

–Por supuesto –gruñó Damien–, siempre podemos matarlo para quitárnoslo de en medio.

Ella lo miró de hito en hito.

–Esto es demasiado serio para hacer chistes.

–¿Quién ha dicho que sea una chiste? –se burló él, y en su tono de voz había una dureza que no auguraba nada bueno para Keiran–. Yo sólo intento que veas que el matrimonio entre nosotros es la única alternativa. Puede que no sea la que quieres oír, pero es la mejor que hay.

No, ella no podía creerlo.

No lo creería.

–Pero supongo que tú no querrás casarte, Damien. Más aún, no creo que quieras casarte precisamente conmigo.

–Me alegro de que sepas lo que no quiero –replicó él–. En realidad, es hora de que eche raíces. Me hago mayor y quiero una esposa y... –pasó un momento– tú eres la esposa que quiero.

Gabrielle tragó saliva con fuerza. Por un momento había temido que él dijera que quería una familia con ella. No estaba segura de haber podido soportarlo.

Pero ser la esposa de Damien...

–¿Sería un acuerdo temporal? –preguntó con curiosidad.

–No.

Ella abrió mucho los ojos.

–Quieres decir...

–Cuando nos casemos, seguiremos casados –en la mejilla de él se movió un músculo–. Es para siempre, Gabrielle. No lo olvides.

–No creo que pudiera olvidarlo –murmuró ella. Una idea esperanzada acudió a su mente–. También puedes regalarme el once por ciento de todos modos. Sería un buen modo de pagar tu deuda con mi padre.

–No, el mejor modo de pagar mi deuda con tu padre es que nos casemos. Presentar un frente unido es el mejor modo de que los clientes vuelvan a confiar en la empresa –hizo una pausa–. Oh, y además quiero que tus padres crean que el nuestro es un matrimonio real.

A ella le latió con fuerza el corazón.

–¿Quieres decir que quieres que crean que estamos enamorados?

Él asintió.

–Sí. Le diré a tu padre que te he dado mis acciones, por supuesto, pero sólo cuando esté recuperado. No quiero que sospeche que nos hemos casado para impedir que Keiran arruine la empresa. Podría retrasar su recuperación.

Damien tenía razón en que su padre no necesitaba oír malas noticias.

–¿Pero no podemos decirle la verdad a mi madre? –preguntó ella.

Él negó con la cabeza.

–No. Si lo vamos a hacer, más vale que lo hagamos como es debido. No quiero deslices delante de tu padre, y con el estrés que tiene tu madre, no sería justo cargarla con eso.

Conseguía hacer que todo pareciera muy racional. ¿Pero cómo iba a fingir estar enamorada de aquel hombre? ¿Y por qué narices consideraba siquiera la oferta?

Levantó la barbilla.

—Lo siento, pero no me casaré contigo. Mi padre no querría que fuera tan lejos.

Damien enarcó una ceja.

—¿De verdad? Estoy seguro de que Russell querría que hicieras todo lo que estuviera en tu mano para salvar lo que él ha construido a lo largo de los años. Y eso incluye casarte conmigo.

Ella enderezó los hombros.

—Oye, puede que tú seas un mártir, pero yo no me sacrificaré de ese modo por el bien de la empresa. Ni por mi padre ni por mi madre.

Él achicó los ojos.

—¿Y por todas las personas que trabajan para tu padre?

Ella apretó los puños.

—Es inútil, Damien. Déjalo ya.

—No, eres tú la que tiene que ceder. Hay personas que dependen de tu decisión. Personas como James. Personas que han trabajado para tu padre durante años, no sólo aquí en Darwin, sino en toda Australasia. Si Keiran destruye la empresa, muchas personas se quedarán sin trabajo.

—Yo no puedo aceptar responsabilidad por todo el mundo —musitó ella. Si eso era lo que pasaba en la cima, no quería estar allí—. ¿Cómo puedes plantear esto con tanta calma? ¡Estás hablando de arruinar nuestras vidas!

El rostro de él se volvió más inexpresivo que de costumbre.

—No creo que un matrimonio entre nosotros nos arruine la vida. Quizá hasta lo disfrutemos.

Ella soltó una risita estrangulada.

—Puede que no arruine la tuya, pero la mía sí. No sé lo que tú has planeado para el resto de tu vida, pero casarme contigo no está en mi lista.

Los ojos de él se oscurecieron hasta volverse casi negros. Abrió la boca para hablar.

Y sonó su teléfono móvil.

Le sostuvo la mirada un momento, observándola. Sacó el teléfono del bolsillo y contestó. Gabrielle empezaba a respirar de alivio cuando vio que la mirada de él se posaba en ella. Inmediatamente se puso tensa; sabía que llamaban del hospital.

—Enseguida estaremos allí —dijo él al teléfono. Colgó y lo devolvió a su bolsillo.

—Es mi padre, ¿verdad? —susurró ella.

—Se encuentra bien. Pero han terminado unas pruebas y está despierto. Tu madre dice que es un buen momento para verlo un par de minutos.

Gabrielle sintió un alivio profundo.

—Entonces vamos a darnos prisa —dijo.

Lamentó que no se le hubiera ocurrido darle el número de su móvil a su madre para estar siempre disponible por si ocurría algo. Dio media vuelta y salió del patio, seguida por Damien.

—Terminaremos esto más tarde —le advirtió él.

Ella no podía ceder.

—No hay nada que discutir.

Sus ojos se encontraron y un escalofrío recorrió el cuerpo de ella. En el rostro de él había una firmeza que indicaba que no pensaba rendirse. Aquella idea le rasgó las entrañas. Damien siempre conseguía lo que quería. Era una lástima que quisiera un matrimonio de conveniencia con ella. Porque lo último que ella deseaba era resultarle conveniente a aquel hombre.

Aquella idea le hizo mantener su resolución de camino al hospital. Tenía que asegurarse de no bajar la guardia con Damien. Siempre que pensaba que podía enfrentarse a él, él cambiaba de táctica y la dejaba sin defensas. Era un hombre de negocios despiadado.

Un hombre despiadado.

Igual que su padre.

Por supuesto, su padre no parecía muy despiadado tumbado en la cama del hospital, con una mano dentro de las de ella y una lágrima deslizándose por su mejilla. A Gabrielle se le nublaron los ojos y se inclinó con intención de darle sólo un beso, pero acabó enterrando el rostro en su cuello, con cuidado de no hacerle daño. Por un segundo, todo su dolor se fundió como una vela de cera. Aquél era su padre. Y ella volvía a ser su niñita.

—Gabrielle —la voz temblorosa de él estaba impregnada de lágrimas. La joven tragó saliva con fuerza. Hacía mucho tiempo que no oía pronunciar su nombre con tanto cariño. Demasiado tiempo.

—Oh, Russell, nuestra hijita ya es mayor —oyó decir a su madre. Y le sorprendió que sus padres fueran capaces de hablar civilizadamente entre ellos.

—Sí —musitó Russell, que volvió a apretarle la mano como si no quisiera soltarla nunca.

Gabrielle respiró hondo y se enderezó, reprimiendo las lágrimas. Su mirada se posó en Damien y la expresión de ternura que mostraban sus ojos hizo que le diera un vuelco el corazón.

Ternura por ella.

¿Pero Damien tierno? El sentido común le decía que, si se había ablandado con ella, era porque quería algo de ella. Se encogió interiormente. Oh, sí quería algo.

Matrimonio.

–Lo siento –murmuró su padre.

Gabrielle dejó de pensar en sus problemas con Damien.

–Papá, chist. Hablaremos cuando estés mejor –musitó, aunque no estaba segura de lo que le diría. En el fondo seguía dolida y enfadada por lo que había ocurrido. No podía olvidar fácilmente esos sentimientos.

–Tengo sueño –murmuró su padre, cerrando los ojos.

Ella lo besó en la mejilla.

–Pues duérmete. Volveré mañana –dijo con suavidad, segura de que él se había dormido antes de que terminara de hablar.

Los ojos de su madre se llenaron de gratitud.

–Se recuperará bien ahora que sabe que estás aquí.

–Me alegro –contestó Gabrielle, incapaz todavía de no parecer herida, aunque se sintió culpable cuando vio la expresión de dolor que su madre intentó ocultar.

–Entonces nos vemos mañana –dijo Caroline, con un tono amigable que sonaba forzado–. Los médicos no quieren que se agote.

–Por supuesto.

Se despidieron, pero cuando estaban en el coche, Damien se volvió hacia ella con ojos penetrantes.

–Tu padre todavía tiene un largo camino por recorrer.

Gabrielle hizo una mueca.

–No hace falta que me lo recuerdes.

–Sí la hace. Tú pareces creer que, si no haces caso de las cosas, se arreglarán solas.

–Quizá lo hagan –contestó ella con frialdad.

–Y quizá no –replicó él–. Cuando tu padre luche con todo esto para recuperarse y consiga llegar a casa y descubra que su empresa ha quedado diezmada, ¿le dirás por qué no queda nada? ¿O estarás de vuelta en Sidney sin que te importe lo que pase?

Ella se enderezó en su asiento.

–¿Has terminado?

–No, te aseguro que no.

Ella respiró con fuerza.

–Te pareces tanto a mi padre que resulta gracioso. Podríais ser gemelos.

A él le latió un músculo en la mejilla.

–¿De qué estás hablando?

A ella se le encogió el corazón.

–A ti te gustan las cosas a tu modo, Damien. No me casaré contigo. Terminaría siendo un felpudo al que sacarías de vez en cuando en ocasiones especiales. Igual que mi madre.

–No –gruñó él.

–Tú me deseas, pero cuando te aburrieras de mí, pasarías a otra mujer y un certificado de matrimonio no te lo impediría –ella levantó la cabeza–. Quiero algo mejor para mí de lo que tuvo mi madre, y si no puedo tener un matrimonio por amor, no quiero una pobre imitación.

Damien se quedó inmóvil.

–Tú no sabes lo que siento por ti –comentó.

–Precisamente –siempre había sabido cuánto la deseaba, pero eso no eran sentimientos. Él nunca había mostrado sus sentimientos.

–Hablaremos más tarde –él se giró y puso el motor en marcha–. Vamos a comer algo. Ya ha pasado la hora del almuerzo –comentó, confirmando así lo que acababa de decir ella de ignorar sus sentimientos–. Después tengo que ir un par de horas a mi despacho.

Ella no había comido nada en todo el día y no estaba segura de poder hacerlo. Su apetito parecía haber desaparecido.

–Prefiero hablar con Keiran de nuevo.

Él apretó los labios.

–Es mejor que le dejes pensar el resto del día. Si no, sólo conseguiremos empeorarlo más, y en este momento seguramente no es buena idea. Llamaré a James después de que comamos. Él puede estar vigilante hasta mañana.

–De acuerdo –Gabrielle sabía que aquello tenía sentido. Pero al día siguiente, le gustara o no a Keiran... le gustara o no a Damien... ella se haría cargo de todo sin importarle las consecuencias.

De vuelta en el apartamento, mientras preparaba sándwiches de jamón para comer, Damien le alquiló un coche por teléfono. A continuación se sentaron en la terraza a comer.

–Por cierto –dijo Damien después de unos minutos de silencio–, esta noche tengo una cena y quiero que me acompañes.

Ella dejó el sándwich a medio comer en el plato, herida por la insensibilidad de él.

–Gracias, pero voy a pasar. No me apetece ver a gente cuando mi padre está enfermo en el hospital.

–Te vendrá bien salir.

Los labios de ella se fruncieron en una mueca.

–Lo último que me apetece es asistir a una cena de negocios con un montón de desconocidos.

dejar de darse cuenta de que todos habían tomado nota de que conocía el piso de Damien.

–Mi esposa es muy buena decoradora –Flynn le lanzó una mirada de adoración. Una mirada que Gabrielle esperaba recibir algún día del hombre al que amara.

Miró a Damien, sentado enfrente, y vio que la observaba con los párpados medio cerrados. Se preguntó si él estaría alguna vez tan relajado como aquellos hombres con sus esposas. ¡Parecía siempre tan solo!

Tomó su copa de vino y bebió un poco, sin dejar de pensar. Damien nunca le había lanzado una mirada de adoración como la que acababa de dedicar Flynn a su esposa. Lujuriosa sí, pero no una mirada cálida y respetuosa.

Aunque eso no importaba. No tenía intención de enamorarse de nuevo ni pensaba casarse en mucho tiempo, a pesar de lo que dijera Damien. Por el momento, sería una de esas mujeres cuyos sueños de amor sólo podían ser eso... sueños.

–¿Gabrielle Kane? –preguntó Kia, la otra mujer, con el ceño fruncido–. Tu nombre me suena. ¿Eres de Darwin?

Gabrielle miró a Damien, pero cambió la mirada a Brant, el esposo de Kia, cuando él tomó la palabra.

–Eres hija de Russell Kane, ¿verdad? –preguntó con un brillo de curiosidad en los ojos que hizo que ella se preguntara lo que sabía de ella–. Llevas unos años viviendo fuera de aquí.

Ella se humedeció los labios súbitamente secos.

–Sí, así es.

–Oh, es verdad. Tu padre ha tenido un ataque hace poco –intervino Kia–. Recuerdo que lo leí en el periódico. Lo siento mucho. ¿Cómo está?

Gabrielle inclinó la cabeza con gratitud.

–Gracias –su voz se quebró un poco; carraspeó–. Por el momento está muy sedado.

–Pero esperamos que se recupere pronto –añadió Damien, con una voz sorprendentemente cálida que sorprendió a Gabrielle y le hizo sentirse menos sola en sus miedos.

–Me alegro mucho –repuso Kia con sinceridad. La miró un poco sorprendida–. ¿Sabes, Gabrielle? No eres como esperábamos.

Gabrielle se puso un poco nerviosa, pero no sabía por qué.

–¿No lo soy?

Una sonrisa curvó los labios de Kia.

–Eres mucho más simpática –lanzó una mirada de aprobación a Damien–. Me alegro de que Damien te haya traído aquí esta noche.

Gabrielle lanzó un suspiro de alivio, aunque se negó a mirar a Damien.

–Yo también –y lo decía en serio.

Se dio cuenta de que los demás la miraban como si supieran que había algo entre Damien y ella, pero afortunadamente, la conversación giró a temas más generales durante el resto de la comida.

Cuando terminaban el postre, Louise, el ama de llaves, entró en el comedor para decir a las dos mujeres que sus hijitas empezaban a ponerse nerviosas. Kia y Danielle se levantaron al instante y lo mismo hicieron sus maridos, que bromearon con que ellos también deseaban ver a sus niñas.

Danielle se disponía a salir de la estancia cuando se detuvo y frunció el ceño. Abrió la boca para hablar, pero Damien la interrumpió.

–No te preocupes por nosotros. Estaremos bien hasta que volváis.

–¿Estás seguro?

Damien sonrió.

–¿Qué hombre en su sano juicio protestaría por quedarse a solas con una mujer tan hermosa?

Danielle se echó a reír.

–Oh, eres un seductor –guiñó un ojo a Gabrielle–. Ten cuidado con él.

Gabrielle intentó sonreír, pero le salió forzado. El corazón le latía deprisa y no porque se iba a quedar a solas con Damien. Agradecía que el ama de llaves no hubiera llevado a las niñas al comedor. No estaba segura de haber podido soportarlo.

Esperó a que los demás salieran de la habitación, dejó la servilleta en la mesa y se puso en pie.

–Necesito aire fresco.

Se dirigió a las puertas que daban al patio. Estaban corridas para no dejar salir el aire acondicionado y rezó para que no estuvieran cerradas con llave. No lo estaban.

Pero cuando salió a una terraza bien iluminada, la humedad que la envolvió era tan pesada como su corazón. Permaneció un momento inmóvil, dejándose invadir, dando la bienvenida al dolor... el dolor de la pérdida.

–¿No te gustan los niños? –preguntó Damien detrás de ella. Gabrielle adoptó un rostro inexpresivo antes de girarse despacio.

–¿Por qué dices eso?

–Instinto. Muchas mujeres suelen correr a ver a los niños pequeños –los ojos de él atravesaban como una flecha la distancia que había entre ellos–. Tú no lo has hecho.

Ella le sostuvo la mirada.

–Quizá tenga otras cosas en la cabeza.

–¿Como cuáles?

–Mi padre.

Él inclinó la cabeza, admitiendo el razonamiento. Se acercó más a ella.

–Para tu información, Emma, la niña de Kia, sólo tiene unas pocas semanas. Alexandra, la hija de Danielle, tiene nueve meses.

–Estoy segura de que son guapísimas –comentó ella, con el corazón roto, aunque le sorprendía que él conociera la edad exacta de los hijos de sus amigos.

–Sí lo son.

Ella quería preguntarle si le gustaban los niños y si pensaba tener hijos algún día. Pero no podía decir eso. No podía decírselo al hombre que había engendrado ya un hijo sin saberlo. Un hijo que había muerto.

Tragó saliva con fuerza e intentó disimular su angustia.

–Tus amigos son muy simpáticos –comentó.

–No son unos ricos estirados, ¿eh?

–No –ella se sentía mal por haberlos juzgado de ese modo.

–Disculpas aceptadas.

Gabrielle abrió mucho los ojos.

–No me he disculpado.

–Lo sé –sonrió él; se acercó todavía más. Ella fue de pronto muy consciente de la proximidad de él y se apartó rápidamente para mirar el jardín.

–Esta casa es muy hermosa. Y el jardín también es encantador.

Intentó concentrarse desesperadamente en la belleza de lo que veía. Una brisa ligera agitaba las palmeras que rodeaban la piscina y los lechos de flores tropicales formaban una manta de colores sobre el césped.

Damien le puso la mano en el brazo y la volvió hacia él. Algo profundo iluminaba sus ojos.

–No tan hermosos como tú –murmuró.

La estrechó en sus brazos. Cinco años atrás, ella había carecido de experiencia para controlar sus locos sentimientos por él. En ese momento sentía el mismo anhelo moviéndose bajo la superficie.

–¿Qué quieres, Damien? –preguntó con voz ronca, incapaz de privarse de saborear el aroma cálido y viril que emanaba de él y que, a un nivel subconsciente, seducía sus sentidos y daba a sus piernas consistencia de gelatina.

La mirada de él se posó en los labios de ella.

–A ti.

Empezó a bajar la cabeza y ella se inclinó involuntariamente hacia él. ¡Dios querido! De pronto, cinco años le parecieron demasiado tiempo sin sus besos.

En un abrir y cerrar de ojos, él acercó su boca a la plenitud de la de ella.

Pasó mucho rato antes de que él interrumpiera el beso. Ella miró el pulso que latía salvajemente en la garganta de él, atónita por las sensaciones que le había producido el beso. Hasta ese momento no había sabido que echaba de menos aquel modo de compartir y ser uno.

Con él.

Y entonces se impuso la realidad al oír que los demás volvían al comedor.

Damien retrocedió y le hizo señas de que lo precediera por las puertas correderas.

–Tú primero –murmuró con voz ronca.

Después de eso, el resto de la velada fue muy duro para Gabrielle.

Respiró con más facilidad cuando él salió de la estancia para hablar por el móvil, pero su regreso le provocó una oleada de pánico. En los ojos de él había una expresión rara.

Gabrielle intentó no ponerse nerviosa, pero el corazón le dio un vuelco cuando poco después él sugirió que se marcharan. No mencionó a los demás que ella se quedaba en su casa. Por supuesto, no era asunto de nadie y Damien jamás sentiría la necesidad de explicar algo así. Ni siquiera a sus amigos.

Tampoco habló de camino a su casa, pero la tensión fue aumentando en el interior del coche.

En cuanto entraron en el piso, la puerta de la habitación de invitados le pareció a Gabrielle demasiado cerca para su gusto. Lo miró de reojo y vio que le latía un músculo en la mandíbula. Sintió un nudo en el estómago.

—No te preocupes, no te voy a seducir —musitó él mientras se acercaba al bar.

—¿No?

—Todavía no —él se sirvió una pequeña cantidad de whisky—. He decidido esperar hasta el matrimonio.

Gabrielle sintió una oleada de frustración.

—Damien, ¿quieres hacer el favor de dejar...?

—Mañana.

—¿Qué?

Damien tomó un trago de su copa.

—Nos casaremos mañana, Gabrielle, te guste o no.

—¿A qué viene esa prisa?

—La llamada de antes era de James. Keiran ha perdido un contrato que tu padre llevaba un año preparando —hizo una pausa y dejó el vaso sobre la barra del bar—. ¿No crees que ya es hora de que nos casemos?

Capítulo Cinco

Al día siguiente por la tarde, Gabrielle se casó con Damien en una ceremonia sencilla que tuvo lugar en el apartamento de él, y Damien le traspasó el once por ciento de las acciones del Grupo Financiero Kane.

La única «familia» a la que Damien quiso invitar fueron sus dos mejores amigos con sus esposas y a su abogado. A nadie más. Tenían que guardar el secreto para que Keiran no se enterara del matrimonio e hiciera algo turbio para impedirlo, suponiendo que hubiera algo que pudiera hacer.

En cuanto a los padres de ella, Damien sugirió que sería mejor no hablarles de la boda hasta después. A su padre no le convenían emociones fuertes, y a su madre podía escapársele algo con Keiran, sobre todo porque probablemente no sabía nada de la situación de las acciones.

Aun así, para Gabrielle fue duro visitar a sus padres esa mañana y actuar como si no ocurriera nada raro. Por suerte, su padre estaba dormido y su madre le pidió que se sentara con él mientras ella iba a casa ducharse y cambiarse. Había sido un alivio no tener que disimular mucho, pues, entre otras cosas, no estaba segura de que no hubiera acabado suplicándole a su madre que le impidiera hacer una locura como casarse dos días después de regresar a casa.

57

Porque era una locura, como no dejaba de repetirse cuando llegaron Kia y Danielle con un maravilloso vestido blanco de velo corto y un ramo glorioso de rosas amarillas. Apropiadamente horrorizadas por la rapidez con la que Damien lo había organizado todo, gastaron bromas al novio por sus prisas, pero en realidad todos sabían a qué se debían.

Por suerte, ella no tuvo que hacer el papel de novia ruborosa delante de todos. La actitud de los amigos de Damien era que éste hacia lo correcto, lo cual hacía sonreír con condescendencia a las tres mujeres, que formaban así una especie de vínculo temporal.

Cuando terminó la ceremonia y Gabrielle se colocó al lado de las otras delante de una mesa cubierta de comida deliciosa, se aferró como a un clavo ardiendo a su copa de champán. Los hombres habían salido a la terraza con el pretexto de admirar la vista panorámica del océano, pero en realidad estaban inmersos en una conversación intensa.

–¿Sabes una cosa, Gabrielle? –preguntó Kia–. Damien me recuerda mucho a Brant y a Flynn. Atractivos. Guapísimos. Y esposos maravillosos una vez que atraviesas el muro de independencia inherente a los hombres como ellos.

Gabrielle sintió una desesperación nueva en su corazón. Estaba segura de que Damien sería igual que su padre. Y ella acabaría siendo como su madre.

–¡Cielo santo, te tiemblan las manos! –exclamó Kia. Le apretó el brazo–. Querida, lo comprendemos. Danielle y yo sentimos lo mismo por nuestros hombres cuando nos conocimos.

Danielle asintió con la cabeza.

–Así es. Y un día te lo contaremos, pero ahora no.

Tardaría demasiado en explicarte por qué creyó Flynn que yo iba a por su dinero –comentó con una sonrisa–. Pero quiero decir una cosa. Debes tener confianza en que lo vuestro saldrá bien.

Gabrielle apreciaba su amabilidad, pero sabía que había muchas cosas que ellas desconocían. Para empezar, aquellas mujeres no estaban al tanto de su aventura pasada con Damien ni de su aborto... algo que también desconocía Damien.

Gabrielle alzó la vista y vio que los tres hombres entraban en el comedor. Damien estaba magnífico con un traje oscuro y camisa blanca y sonreía por algo que había dicho uno de los otros. Era una sonrisa fascinante, que hacía que a ella le temblaran las piernas.

Y entonces él vio que ella lo miraba y se detuvo un momento. Sonrió con sorna.

–Espero que no estéis emborrachando a mi esposa –dijo.

Kia soltó una risita.

–Por supuesto que sí.

–Yo tengo algo mucho mejor –él hizo una seña al camarero, que procedió a repartir copas nuevas de champán a todo el mundo.

A pesar de su aire relajado, sus ojos penetrantes la observaron un momento, pensativo, sin expresar nada. Hasta que Gabrielle captó una chispa de satisfacción en su expresión y sintió miedo. No de Damien, sino de adónde los llevaba todo aquello. Quizá él no había planeado casarse con ella cuando fue a buscarla a Sidney, pero, desde luego, tenía intención de beneficiarse de todo aquello... en más de un sentido.

Él levantó su copa.

–Un brindis. Por mi nueva esposa.

–Y por mi viejo esposo –dijo Gabrielle sonriendo.

Esa misma tarde, sola con Damien en su yate de lujo, Gabrielle intentaba ignorar al hombre sentado frente a ella y fijaba la vista con determinación en el muelle de Darwin. A la luz del atardecer, vio que otros barcos pasaban a su lado sobre el agua profunda y calmada y oyó el sonido de risas y el tintineo de vasos atravesar el aire.

Pero ellos no estaban relajados ni se divertían. Ella no quería estar allí. Estaba allí presionada, y Damien lo sabía. Razón por la cual Gabrielle no se sentía bien predispuesta hacia él en aquel momento.

Cierto que se había mostrado muy atractivo y viril cuando sacaba el barco del puerto deportivo personalmente, con la camiseta polo realzando su cuerpo musculoso y los pantalones negros moldeando perfectamente sus piernas largas.

Siempre le había gustado mirar su perfil, y él parecía todavía más atractivo aquella tarde, con el agua reflejándose en su rostro. Había algo muy potente en la imagen que daba, y ella sintió un temblor interior al saber que ahora estaba casada con él.

Era su marido.

Damien volvió el rostro hacia ella. Sus ojos verde musgo la miraron a través de la mesa con una intensidad ardiente.

–Has sido una novia muy hermosa.

Ella se dio cuenta de que agarraba su copa de vino con tanta fuerza que podía romperla. Obligó a sus dedos a relajarse.

–Gracias.

–Has conquistado a mis amigos –añadió él.

Gabrielle hizo una mueca. Los dos sabían que Brant y Flynn aprobaban aquello porque creían que ella hacía lo correcto por la empresa.

—Estoy segura de que Kia y Danielle han sentido cierta... conexión conmigo.

Damien sonrió.

—Seguro que sí, porque las dos están felizmente casadas.

Gabrielle lo miró a los ojos.

—Ellos están enamorados, Damien. Nosotros no.

Él no apartó la vista.

—Tienes razón. Por no estar enamorados —gruñó, alzando su copa de vino blanco.

Cinco años atrás, esas palabras la habrían destrozado, pero ahora sabía que ya no era posible.

Levantó su copa y tocó la de él.

—Ése es un brindis con el que me identifico.

—Y por nosotros —añadió él.

Ella apartó la copa.

—No hay ningún nosotros, Damien. Hay tú. Y hay yo. Dos entidades separadas.

—Después de esta noche no.

Ella sintió un nudo en el estómago.

—Puedo gritar.

—Yo también.

Su comentario era tan inesperado que ella sonrió a su pesar.

—¿Eso es una sonrisa? —preguntó él, con aire divertido.

Gabrielle recordó lo que era en realidad su matrimonio.

—No —dijo sin mirarlo—. No tengo nada por lo que sonreír.

Pasó un momento.

–Ahora eres mi esposa –declaro él–. Acéptalo.

Ella levantó la barbilla y lo miró.

–Y supongo que debo sentirme honrada de ser la señora de Damien Trent –dijo con sarcasmo, aunque sintió cierto calor en las venas al pronunciar su nuevo nombre.

–Naturalmente.

Gabrielle hizo una mueca.

–Tu arrogancia me deja atónita –comentó, y captó una expresión de sorpresa en el rostro de él que a su vez la sorprendió a ella. Al parecer, él no tenía ni idea de que sus palabras resultaban arrogantes. Creía de verdad que ella debía sentirse honrada de estar casada con él.

Pero no era así.

No se sentiría agradecida a un hombre que la obligaba a... Se encogió interiormente. No la había obligado a nada. Sí, se había casado con ella por motivos propios. Y sí, se había casado con ella también a causa de su padre, pero por una razón honorable.

Ella no lo había visto así antes, pero al casarse con ella había demostrado qué clase de hombre era... un hombre honorable. Un hombre al que habían educado bien.

De pronto se dio cuenta de que Damien no había mencionado a sus padres ese día ni una sola vez. Y ella había estado muy ocupada para preguntarle.

Ahora tenía tiempo de hacerlo.

–¿Por qué no has invitado a tus padres a la boda?

Damien se puso tenso.

–Sería un poco difícil. Están muertos –dijo con un tono crispado que no pedía conmiseración e indicaba que no la aceptaría.

Lo que no fue obstáculo para que a ella la inundara la compasión.

Y por raro que resultara, le entristecía saber que no podría conocer a los padres de aquel hombre. Cinco años atrás estaban en un crucero alrededor del mundo, aunque sospechaba que, de no haber sido así, no se los habría presentado tampoco. La única cosa que sabía de él era que no tenía hermanos, e incluso sacarle eso había sido como sonsacar un secreto de estado.

–¿Qué pasó? –preguntó con voz suave.

Damien apretó los labios.

–Mi padre pilló un virus durante el crucero. Murió antes de poder recibir atención médica apropiada.

Gabrielle abrió mucho los ojos.

–¡Oh, Dios mío! Eso es horrible. Pobrecita tu madre...

–Ella murió hace dos años.

–Lo siento mucho, Damien.

–Gracias –él fijó la vista en el mar, y ella pensó que aquel hombre tenía profundidades ocultas que sólo ahora empezaba a divisar.

–¿Entonces estás sólo en el mundo? –preguntó.

Él la miró con ojos atormentados y oscuros, una señal segura de que ella había tocado un punto flaco.

–Si quieres considerarlo de ese modo, sí.

Como si estuviera cansado de hablar, se levantó de la silla como un dios preparado para sacrificar a una virgen. Aquella idea casi hizo reír a Gabrielle, pero el corazón le saltó en el pecho al ver que rodeaba la mesa en dirección a ella.

–¿Qué haces?

Damien se detuvo frente a ella, le quitó la copa de la mano, la hizo incorporarse y le rodeó la cintura con las manos.

–¿Qué te crees que hago?

–No, Damien.

Una luz seductora brilló en los ojos de él.

–Sí, Gabrielle.

–Damien, no estoy preparada.

–Yo hace cinco años que lo estoy.

Ella parpadeó.

–¿Quieres decir... que has sido célibe cinco años?

–Él hizo una mueca.

–Soy un hombre, no un santo.

Por supuesto. ¡Qué tonta era!

–¿Entonces, qué...?

–Calla –él bajó la cabeza y la besó. Ella inhaló con fuerza, y él aprovechó para introducirle la lengua en la boca haciendo, como siempre, caso omiso de sus objeciones.

La pasión detrás de aquel beso... su fuerza e intensidad, la dejaron sin aliento. Se apoyó en él con un gemido suave, molesta en parte consigo misma por lo fácilmente que cedía, pero sintiéndose también muy viva, disfrutando de la sensación de las caderas de él pegadas a las suyas.

Y a cada momento que pasaba, los labios firmes y viriles de él se endurecían con un hambre cada vez mayor, se volvían más urgentes y exigentes. Ella le devolvía el beso, con el corazón latiéndole en los oídos y el aroma de él llenando sus pulmones.

Damien apartó la boca y le lanzó una mirada ardiente que transportaba un mensaje íntimo. Él también recordaba cómo solía ser. Un estremecimiento delicioso la invadió. Casi podía saborear la sal de la piel de él y sentir el calor de su cuerpo cuando se abrazaban juntos en la cama.

–Ya es hora, Gabrielle.

–¿Hora? –preguntó ella sin aliento, retrasando lo inevitable, aunque no estaba segura de por qué.

–De que hablen nuestros cuerpos.

Antes de que ella pudiera decir o hacer algo que no fuera admitir para sí misma que lo necesitaba, él le tomó la mano y tiró de ella hacia las escaleras que bajaban al camarote.

Gabrielle se dejó llevar, segura de que aquello tenía que ocurrir. No podía pararlo como no se puede parar la marea. Tampoco quería pararlo. En el fondo había sabido todo el tiempo que ocurriría.

Y poco después estaban al lado de la cama, y Damien la miraba a la luz de la cubierta que se filtraba por los ojos de buey y envolvía su mundo en un tono perlado.

Una sensación de intimidad los envolvió mientras los dedos de él acariciaban el brazo de ella, creando chispas en los puntos donde tocaban la piel... en la curva del hombro... a lo largo del cuello... bajo el pelo de la nuca, entre la cascada de rizos que caían sobre los hombros de ella.

–Mi belleza rubia –murmuró, y la besó de nuevo en la boca, esa vez con lentitud y sensualidad.

Ella se derritió contra él, encantada del modo en que aquel cuerpo musculoso la abrazaba, sabedora de que la necesitaba tanto como ella a él. Y sabedora también de que estaba perdida. Tan perdida como podía estar una mujer en los brazos de un hombre al que había amado en otro tiempo.

Pasó un momento largo antes de que él apartara la boca.

–Hacía mucho tiempo –musitó, con los labios en la garganta de ella

A ella le cosquilleaba la piel, pues todos los poros de su cuerpo lo reconocían, lo identificaban. Hacía cinco años que no le hacía el amor de aquel modo.

En sus sueños, a veces le parecía que había sido el día anterior. En sus pesadillas, que había pasado un siglo.

–Dilo, Gabrielle. Di que tú también has echado esto de menos.

Ella estiró el cuello para permitirle acceder a la base de la garganta.

–Sí –susurró–. Lo he echado de menos.

El gruñido de aprobación de él hizo que le diera vueltas la cabeza mientras él deslizaba las manos por su espalda y le bajaba lentamente la cremallera del vestido. La prenda cayó hasta la cintura y la parte superior de ella quedó cubierta sólo por el sujetador negro de encaje, con los pezones endureciéndose con anticipación y el pulso acelerado. Quería sentir la boca de él en los pechos.

–Míos –dijo él, con voz impregnada de deseo. Y se inclinó para tomar lo que le ofrecían.

–Sí –murmuró ella. Y dio un respingo al sentir los labios de él cerrándose en su pezón.

Damien succionó con fuerza, y el encaje intensificaba la acción ardiente de su lengua. Ella se agarraba a sus hombros, y él cambió al otro pecho y repitió el ritmo, creando maravillosos puntos de éxtasis en el núcleo mismo de ella.

Le desabrochó el sujetador, que cayó al suelo. Sus pechos llenaron las manos de él, y ella gimió en voz alta de placer cuando él empezó a acariciarlos.

Después esas manos... esas soberbias manos viriles... bajaron por la caja torácica de ella, con los dedos frotando la piel con firmeza. El vestido de Gabrielle fue bajando por las caderas, el estómago... y de pronto ella fue consciente de lo que él iba a encontrar y se puso tensa, preparándose para el momento en que rozara la cicatriz. No tardó mucho.

Los dedos masculinos se detuvieron en la piel del estómago plano de ella.

—¡Qué narices! —la apartó de él y la giró hacia la luz que entraba por el ojo de buey para ver mejor.

Gabrielle se sonrojó.

—Lo siento, yo...

—¿Qué te ha pasado? —preguntó, sujetando las caderas de ella con firmeza y con expresión de enfado en los ojos. De enfado y... de dolor.

Ella intentó apartarse, pero él no se lo permitió.

—Un accidente de coche. Sé que está horrible, pero....

—No —gruñó él—. No lo está —y puso una rodilla en el suelo para posar los labios en la cicatriz que bajaba desde el ombligo.

Ella se estremeció impotente. Entre las cosas que esperaba, no se contaba el que la tocara con tanta sensibilidad. En cierto modo, eso hacía que se sintiera orgullosa de él. Orgullosa de ser su mujer, aunque sólo fuera de un modo físico.

—Gracias —musitó con suavidad.

—De nada —murmuró él. Y colocó los labios una vez más sobre la cicatriz. Después sus manos abandonaron las caderas de ella y se posaron en sus nalgas, para tirar de ella hacia él y poder acercar el rostro a la parte más íntima de ella.

A ella se le paró el corazón un momento mientras él la sujetaba así, como si volviera a descubrir su aroma y se regodeara en él. Se agarró con fuerza a los hombros de él, porque empezaban a fallarle las piernas.

Él respiró hondo y se apartó para bajarle lentamente el tanga por las piernas. Gabrielle se apoyó en él para ayudarle, pero él permaneció como estaba, limitándose a mirarla.

De pronto ella sintió vergüenza. Damien había sido su único amante. Y habían pasado cinco años desde que viera su cuerpo desnudo. Deseó cubrirse, pero él lanzó un gemido y apartó las manos de ella, antes de empezar a besarla de abajo arriba, con los labios trazando un sendero sedoso a lo largo de los muslos, sobre los rizos rubios que cubrían su feminidad, hasta la piel sensible de los pechos y los pezones, y más arriba, hasta llegar a la boca.

Su lengua bailó con la de ella mientras la estrechaba contra sí, con su miembro endurecido empujando la tela de los pantalones y enviando un ramalazo de calor al cuerpo de ella. Gabrielle estaba preparada para él. Más que preparada.

—Quiero sentirte contra mí —dijo él, y se apartó, mientras se quitaba la ropa tan deprisa que a ella le daba vueltas la cabeza. Quería decirle que no tuviera prisa, que la dejara mirar, pero una parte de ella más impaciente sentía una necesidad profunda al ver la excitación evidente de él.

Damien se dejó caer sobre la cama situada detrás de él, la acercó hacia sí y la colocó entre sus piernas. Acariciaba con la boca los pezones de ella, que cerró los ojos, recibiendo con agrado su caricia, y hundió los dedos en el pelo de él para sujetarle la cabeza.

Cuando pensaba que no podía soportarlo más, cuando un grito de placer estaba a punto de brotar de sus labios, él se dejó caer hacia atrás sobre la cama y la tumbó a su lado despacio, hasta que quedaron frente a frente.

Gabrielle gimió y enterró el rostro en la garganta de él, para saborear su piel mientras el movimiento del barco los acunaba.

Damien se incorporó sobre un codo y pasó la

yema del dedo por los pechos de ella; su dedo quemaba todo lo que tocaba, y fue bajando por el escote.

—Mira —ordenó con los ojos bajos.

Gabrielle bajó la vista hasta el punto en el que sus cuerpos se tocaban.

Hombre contra mujer.

—Encajan perfectamente —dijo él, con los ojos ahora fijos en los de ella.

Gabrielle tragó saliva.

—Sí —repuso, con su cuerpo debilitado por el deseo.

Damien se incorporó en dirección a la mesilla y sacó un preservativo del cajón superior.

—Toma —se lo pasó a ella.

—Oh, pero...

—Tú quieres que lo use, ¿no es así? —murmuró él.

Ella se humedeció los labios. No podía pensar.

—Hum... sí.

—Entonces pónmelo —ordenó él.

Ella decidió no responder del mismo modo. Tal vez así pudiera ver el efecto que provocaba en él. Damien no podía ocultar lo que sentía, y eso a ella le producía una sensación de poder.

Intentó abrir el paquetito, pero le temblaban los dedos y se le cayó. Damien le lanzó una mirada que expresaba que le complacía que ella no fuera experta en eso, se lo quitó y lo abrió con los dientes. Le pasó el preservativo.

Pero ella no lo tomó todavía. Tragó saliva con fuerza y lo miró; sintió un escalofrío. Antes había deseado tocarlo y ahora lo iba a hacer.

Extendió la mano y la bajó por la erección de él. La piel estaba cálida bajo sus dedos. Cálida, vital y muy de Damien.

—No más —murmuró él.

Colocó la mano sobre la de ella y le apartó los dedos de su pene. En un abrir y cerrar de ojos, se colocó el preservativo, la situó de espaldas y le abrió los muslos.

Pero no la penetró todavía. Esperó, mirándola con ojos oscurecidos... esperando...

—Entra ya, Damien —ella le tocó el pecho.

Y él lanzó un gemido y la penetró.

Despacio.

Llenándola con una sensación de plenitud.

Cinco años atrás, su modo de hacer el amor no había sido tan completo como en ese momento. Ahora era mucho más rico en intensidad, profundidad y experiencia.

Él la besó en profundidad mientras entraba y salía con un ritmo erótico. A ella le gustaba el modo en que exploraba su feminidad interior a conciencia y de un modo placentero que la marcaba como suya, sin dejar ninguna parte de ella sin tocar.

Gimió y se fue acercando a la cima del deseo. Incapaz de prolongarlo más tiempo, cerró los ojos y se ordenó esperar. Quería que durara para siempre. Pero su cuerpo no estaba dispuesto a parar.

Ella fue subiendo cada vez más alto, sin nada a lo que agarrarse excepto al hombre que la penetraba.

—Damien, por favor... Damien, te necesito... Damien...

—Gabi —murmuró él, y ella lo sintió palpitar en su interior, con sus músculos vaginales abrazándolo en el orgasmo, recibiendo su esencia dentro del preservativo.

Después, ella se quedó con un pensamiento y sólo uno. La última vez que habían hecho el amor, él la había llamado Gabi, y también entonces había estado dentro de ella.

A la mañana siguiente, Damien tenía los ojos cerrados mientras disfrutaba del balanceo del barco e inhalaba el aroma de Gabrielle en el aire tropical. Ese aroma despertó su cuerpo, excitándolo con el placer de la noche.

Los muchos placeres de la noche.

Se colocó de lado y tendió el brazo, pero su mano encontró una sábana de algodón fresca en lugar de un cuerpo caliente. Abrió los ojos. Seguramente ella estaría en el baño. O haciendo café.

Escuchó con atención. Todo estaba en silencio. Olfateó el aire y esperó. En cualquier momento el aroma del café llegaría a su olfato. Al ver que no sucedía, se sentó en la cama y miró a su alrededor. A menos que hubiera saltado por la borda, ella tenía que estar todavía en el yate.

El corazón empezó a latirle con fuerza. Tal vez se hubiera llevado la lancha. Decidió que, si era así, la mataría. Apartó la sábana y se puso el pantalón con un nudo en el estómago. No se molestó con la camisa y subió las escaleras de dos en dos.

Cuando la encontró en la cubierta superior, su corazón tardó un momento en calmarse. Se acercó a ella y la abrazó.

–Damien, ¿qué te...?

Él la besó con fiereza en los labios. Quería que fuera un beso de enfado por haber sido tan tonta como para dejarlo. Pero después de un momento, con las palmas de ella apoyadas en su pecho desnudo, descubrió que sentía más deseo que rabia, más ganas de explorar que de castigar. Quería que supiera lo

71

que había sido despertar sin ella esa mañana. La misma sensación que había conocido cinco años atrás.

Terminó el beso y murmuró:

—No hay escape.

—No intentaba escapar —dijo confusa.

Vale, había cedido al pánico. Pero no volvería a hacerlo.

—Háblame del accidente de coche.

El rostro de ella se volvió impenetrable, se apartó de sus brazos y fue a sentarse.

—¿Por qué? ¿Ahora soy imperfecta?

—No.

Era demasiado perfecta. Ése era al problema. Hizo una mueca en su interior. No, no quería decir eso. Gabrielle no era sólo su belleza exterior.

Ella lo miró. Estaba muy hermosa con un pantalón blanco y un top color verde lima.

—¿Qué quieres saber?

—Cómo ocurrió. Cuándo ocurrió. Todo.

Una sonrisa tensa curvó los labios de ella.

—Tú no pides nada, ¿verdad?

A él no le parecía que fuera divertido.

—No te lo pido, te lo digo.

A ella se le nublaron los ojos.

—Sí, ése es más tu estilo.

—Gabrielle, me estás dando largas —musitó él—. ¿Qué es lo que ocultas?

Ella pareció sobresaltarse.

—Nada —dijo demasiado deprisa. Se humedeció los labios—. Ocurrió unos meses después de que me marchara. Iba en el coche con Lara, una de las hijas de Eileen. Un borracho apareció de pronto y su coche golpeó el lado del acompañante y un trozo de metal me cortó.

–¡Santo cielo! –sólo pensar en ello hacía que se sintiera mal.

Gabrielle lo miró de pronto como si se diera cuenta de su trauma.

–Damien, estoy bien –musitó con gentileza.

Su tono no lo tranquilizó. Se sentía fatal. Quería cometer un asesinato.

–¿Qué pasó con ese imbécil? Espero que esté en la cárcel.

–No lo sé. Yo estuve unos días en el hospital, y después demasiado ocupada recuperándome.

–Si lo hubiera sabido... –gruñó él con una sensación de ardor en la garganta–. Si Russell lo hubiera sabido...

–Por suerte, no lo sabíais ninguno –ella se incorporó con cierta frialdad–. Y por suerte, ninguno de vosotros tenía nada que decir sobre mi vida después de eso –hizo una pausa–. ¡Ojalá pudiera decir lo mismo ahora!

Damien sintió que se tensaban los músculos de su cuello.

–Estás casada conmigo, Gabrielle. A partir de ahora, quiero saber todo lo que pase.

A ella le brillaron los ojos con cinismo.

–No has tardado mucho tiempo en empezar a intentar controlarme.

Él la miró con dureza. Ella se había confundido. Estaba preocupado por ella, no quería controlarla. Quería asegurarse de que no volviera a sufrir. Odiaba imaginarla atrapada en un coche, tumbada en el hospital...

Apretó la mandíbula.

–Recoge tus cosas. Nos vamos a tierra.

Capítulo Seis

Cuando llegaron de vuelta al piso, Gabrielle casi esperaba que Damien la llevara en brazos a la cama, y tuvo que reprimir su decepción cuando él se acercó directamente a la mesa del comedor y empezó a sacar papeles del maletín.

–¿Vas a trabajar ahora? –preguntó ella. Se dio cuenta de cómo sonaba aquello–. ¿No vamos a ir a ver a mis padres?

Él miró su reloj, indicando con su actitud que era un hombre ocupado.

–Tengo que hacer un par de llamadas y luego iremos a darle la noticia de nuestro matrimonio a tu madre. Caroline decidirá si quiere decírselo a Russell o no.

Gabrielle tragó saliva, con sensación de culpabilidad. Bien pensado, no le parecía que debía sentirse muy culpable, y menos después de lo que sus padres le habían hecho pasar. Pero se sentía.

–Y a propósito –añadió él–, he pedido un Porsche para reemplazar el coche de alquiler.

Gabrielle lanzó un gemido; empezaba a sentirse engullida por él.

–¿Ah, sí?

–Y le dije a tu ex jefa Eileen que íbamos a casarnos.

Gabrielle abrió mucho los ojos con desmayo.

–Dime que no –ahora sí se sentía culpable.

–Tenía que darle alguna razón para que enviara tus cosas aquí.

Ella no podía creer que hubiera hecho todo aquello sin consultarla.

–Eres terrible, ¿vale? –giró hacia el cuarto de invitados, con intención de usar el teléfono que había allí–. Tengo que llamarla y explicárselo.

Eileen se había portado muy bien con ella y le molestaría no haber sido invitada a la boda.

–¿Gabrielle?

Ella se detuvo en la puerta del dormitorio.

–¿Qué?

–Ahora estás en mi dormitorio –gruñó él; señaló el dormitorio principal con la cabeza–. Conmigo.

Un temblor de deseo recorrió el cuerpo de ella.

–¿Con el amo? –se burló–. Oh, bien. Puedo sentarme a tus pies y pasarme el día dándote de comer uvas.

La expresión de él se relajó en una sonrisa.

–No te imagino siendo parte de un harén.

–Me sorprende que sea así.

Los ojos de él bajaron a los pechos de ella.

–Oh, te conozco bien, Gabrielle.

Ella se apartó un poco para ocultar que sus pezones se endurecían bajo el top verde lima.

–¿No tienes que trabajar? –preguntó. Por su parte, quería ducharse y cambiarse en cuanto hablara con Eileen.

Él sonrió un instante.

–Mi trabajo será breve.

–Pues yo puede que tarde un rato –declaró ella, para que entendiera que había causado problemas y ahora le tocaba a ella arreglarlos.

Damien no hizo caso de sus palabras.

–Iré a buscarte cuando estés preparada.

–¿Ahora también puedes ver a través de las paredes? –se burló ella–. Creo que comes demasiada zanahoria.

–No, uvas –bromeó él. Salió a la terraza, marcando ya un número en el móvil.

Gabrielle no sonrió, aunque valoró en secreto el comentario agudo de él. Y seguía valorándolo después de hablar con Eileen, y también una hora más tarde, cuando se llevaron a su madre a un lado y le dieron la noticia. Gabrielle había insistido en que quería decírselo ella, aunque no sabía cómo se las iba a arreglar para hacerlo sin contarle las verdaderas razones.

No esperaba que Caroline se echara a llorar.

–Mamá, lo siento, pero ha sido algo poco planeado.

Caroline se secó los ojos con un pañuelo.

–Pero soy tu madre. Me habría gustado estar en la boda de mi única hija.

Damien pasó un brazo a Gabrielle por los hombros y la atrajo hacia sí.

–Sabíamos que te sentirías dividida entre separarte de Russell y venir; por eso decidimos que sería mejor decírtelo después.

La mujer seguía mostrándose dolida.

–¿Y no podíais haber esperado hasta que Russell se encontrara mejor?

–Lo siento, pero no –repuso Damien con firmeza–. Quería que Gabrielle se casara conmigo y no podía esperar ni un momento más –miró a su esposa con tal expresión de ternura que ella se quedó sorprendida. Él le apretó el hombro para que lo apoyara, y ella comprendió que todo aquello era una interpretación.

–Sí, así es –confirmó–. No podíamos esperar. Lo siento.

En realidad, se sentía cada vez peor. Sabía que sus padres la querían y no le gustaba hacerles daño a pesar del mucho que le habían hecho ellos.

Caroline cedió un poco.

–Supongo que estáis muy enamorados.

–Sí –repuso Damien sin vacilar. Y por un segundo, Gabrielle creyó que lo decía en serio. El corazón le dio un vuelco, pero enseguida volvió a la realidad.

–Russell estará complacido –dijo Caroline. Frunció la frente–. Aunque quizá no deba decírselo hasta que hable con su médico.

–Buena idea –declaró Damien–. Y yo sé que Russell ha estado muy mal para recibir visitas, pero no dejes que Keiran lo vea todavía. Podría escapársele lo de nuestro matrimonio y no me gustaría que su recuperación se retrasara por recibir emociones fuertes.

La mujer asintió, pero parecía sobresaltada.

–¿Keiran conoce vuestro matrimonio?

–Todavía no. Pero ahora iremos al despacho a decírselo.

–Oh, bien. Se sorprenderá mucho. Y seguro que también se alegrará. Ha asumido una gran responsabilidad intentando cubrir a Russell y me llama continuamente para preguntarme cómo está. Ha sido de mucha ayuda –sonrió con calor–. Y vosotros también.

–No te preocupes, Caroline –dijo Damien–. Queremos ayudarle todo lo que podamos.

La mujer enarcó las cejas.

–¿Queréis?

Gabrielle supo que tenía que contar sus planes a su madre.

–Sí, Damien me va a ayudar a dirigir la empresa hasta que mejore papá.

El rostro de su madre se iluminó.

–¿De verdad?

–Sí.

No mencionó a Keiran. Si su madre preguntaba, le diría que él podía ayudar también desde otro puesto de la empresa.

–Eso es maravilloso, querida, estoy orgullosa de ti –Caroline miró a Damien–. Russell siempre te ha considerado como un hijo. Estoy segura de que estará encantado con esto.

Damien carraspeó.

–Él ha sido como un padre para mí –musitó con cierta emoción.

Caroline soltó una risita.

–Ahora tengo un yerno. Todavía no me hago a la idea –guiñó un ojo a su hija–. Y puede que un día sea abuela –comentó.

Gabrielle se puso tensa, pero estaba segura de que Damien fue el único que se dio cuenta.

–Todavía no, mamá. Antes tengo que ayudar a papá.

Caroline pareció levemente decepcionada.

–Claro que sí, querida. Pero estoy deseando que llegue el día en el que me des nietos.

Gabrielle tragó saliva con fuerza. No estaba segura de que aquel día llegara nunca.

Damien pareció notar su incomodidad y cambió de tema.

–¿Por qué no hacemos otra ceremonia cuando Russell mejore? Con mucha familia y amigos. ¿Qué me dices? ¿Os gustaría eso?

A Caroline se le iluminaron los ojos.

–Oh, sí. Eso sería maravilloso –la luz de sus ojos se apagó un tanto–. Aunque yo no sé dónde estaré cuando Russell mejore…

A Gabrielle se le paró el corazón.

–¿Mamá?

Caroline le dio una palmadita en la mano.

–Querida, he vuelto porque quiero a tu padre y está enfermo, pero no sé si él me quiere todavía.

Gabrielle estaba horrorizada. Había creído que sus padres volvían a estar juntos.

–Pues claro que te quiere.

Caroline frunció el ceño.

–Para ser sincera, yo no estoy segura –movió una mano en el aire–. Pero ahora hablamos de Damien y de ti, no de nosotros. Y te prometo que, esté donde esté, volveré para la ceremonia.

A Gabrielle le costaba aceptar la confesión de su madre de que no había reanudado su matrimonio, por lo que agradeció que Damien sugiriera que se marcharan ya.

–No te preocupes por su comentario sobre los nietos –le dijo él cuando ya se iban–. Es natural que tu madre piense así.

Gabrielle lo miró.

–¿Tú sabías que no estaban juntos?

–Sí –él el abrió la puerta del coche.

–Pero tú me dijiste…

–Que tu madre había vuelto a casa por el ataque de tu padre. Y es cierto.

–Pero…

–Deja que eso lo solucionen ellos. Nosotros tenemos otras preocupaciones en este momento –la tomó del codo y la guió hasta el lado del acompañante–. Keiran es una de ellas. Seguro que se pone difícil.

La idea de enfrentarse a Keiran la mantuvo callada mientras Damien cerraba la puerta y daba la vuelta al BMW para sentarse al volante. Un rato después entraban en el despacho del padre de ella y encontraban a su primo detrás del escritorio con una expresión de autocomplacencia tal que ella deseó borrársela de la cara. Se alegró de haberse puesto una falda negra corta y una camisa de seda beis que parecían muy de ejecutiva.

–Keiran –se acercó a la silla situada delante del escritorio y se sentó mientras Damien se colocaba de pie al lado de la ventana–. ¿Te das cuenta de que le has hecho perder un contrato de tres millones de dólares a la empresa?

Keiran pareció incómodo.

–Querían más de lo que podía darles. No tenemos recursos para lo que querían.

–No –replicó ella–. Mi padre habría hecho lo imposible por buscar el modo de conservar ese contrato.

Keiran la miró con aire desafiante.

–He hecho todo lo que he podido.

–Estoy segura. Pero esta empresa es algo más que tú y lo que puedes o no puedes hacer. Una empresa tiene que ser competitiva y defender los empleos de sus asalariados.

Keiran se puso rígido.

–No puedes entrar aquí y empezar a sermonearme. Ahora yo estoy al cargo, y tú no puedes evitarlo.

–Te equivocas. Estabas al cargo.

Él levantó los ojos al techo.

–No empieces otra vez. Damien y tú estáis…

–Casados.

Keiran se encogió, pero se recuperó rápidamente.

–¿Y qué?

Ella dejó en la mesa una copia del certificado de

matrimonio y del documento en el que Damien le transfería sus acciones.

–Estamos casados. Nos casamos ayer. Y Damien me ha dado el once por cien de acciones de la empresa como regalo de boda –dijo, disfrutando de la bomba que acababa de lanzar–. Así que gracias por las molestias, pero ahora yo estoy al cargo.

–De eso nada –gritó Keiran, cuyo rostro había adquirido un tono púrpura feo.

–Gabrielle tiene todo el derecho a estar aquí –señaló Damien cortante.

El otro lanzó un juramento.

–No me sacaréis de aquí tan fácilmente.

Damien enarcó las cejas.

–¿Ah, no?

Keiran se puso en pie de un salto.

–Oh, los dos os creéis muy listos, ¿verdad? –tomó los documentos y se los guardó en el bolsillo de la chaqueta–. Voy a ver a mi abogado.

–Como quieras –repuso Damien, con frialdad–. Y Keiran…

El interpelado se detuvo de camino a la puerta.

–¿Qué?

–Cuando vuelvas, hazlo a tu despacho.

Keiran salió y cerró de un portazo.

Gabrielle respiró aliviada.

–Eso ha ido bien –bromeó.

–Mejor de lo que esperaba –replicó Damien con una sonrisa que hizo que a ella le latiera más deprisa el corazón a pesar de la tensión de la situación con Keiran.

Se incorporó y rodeó el escritorio. Se quedó un momento parada, mirando el despacho espacioso, abrumada de pronto.

Estaba al cargo.

Tenía decisiones de negocios que tomar.

Empleados de los que ocuparse.

—¡Oh, Dios mío! ¿En qué estaba pensando? Keiran tenía razón. No sé llevar un negocio y mucho menos una empresa grande como…

—Pero yo sí. Y te ayudaré en todo —le recordó él.

Ella asintió y se sentó en la silla de su padre. Aquello debería haberla intimidado todavía más, pero no fue así. De pronto, estar sentada donde se había sentado su padre durante años, sabiendo que él estaba en el hospital y necesitaba su ayuda, le daba fuerzas.

Respiró hondo.

—Gracias. ¿Por dónde empezamos?

Damien le lanzó una mirada de admiración, que a ella le calentó el corazón.

—Lo primero es que hable con algunas personas e intente recuperar el contrato perdido.

—¿Crees que podrás? —dijo ella frunciendo el ceño.

—¿Lo dudas? —preguntó él.

Ella no tuvo más remedio que sonreír.

—No.

Damien le sonrió a su vez. Se acercó a la puerta.

—Más vale que intente ver a esa gente y reparar los daños.

Ella lo observó alejarse, pero él se detuvo de pronto y se volvió.

—No olvides que tenemos que actuar como una pareja enamorada o podemos socavar la confianza en la empresa.

Sus palabras volvieron a ponerlo todo en perspectiva. Ella apretó los labios.

—No creo que lo olvide —repuso con sarcasmo, y recibió una mirada afilada de él, que no tenía ni idea de hasta qué punto hablaba como su padre.

Hasta las siete y media de la tarde no llegó Damien a su piso, impaciente por ver de nuevo a Gabrielle. Había sido un día productivo, primero con la promesa de los clientes previos de revisar de nuevo el contrato y después con la reunión de jefes de departamento, que les habían ofrecido todo su apoyo. Después había dejado a su esposa en el piso para ir a su despacho a atar algunos cabos sueltos.

Y ahora lo recibía música suave. Dejó el maletín en el sofá y oyó un ruido procedente de la cocina. Se acercó allí, con la sangre golpeándole con fuerza en las venas. Gabrielle y él habían actuado todo el día como una pareja de recién casados, aunque sin exagerar. Un ligero roce de las manos aquí y allá… una mirada suave… Un asentimiento sonriente a las palabras del otro.

Esa noche quería su atención en exclusiva.

Se detuvo en la puerta de la cocina y la miró echar virutas de chocolate encima de un postre cubierto de crema. Estaba tan concentrada que asomaba la punta de la lengua por los labios, como en un gesto de tentación. La misma punta que había pasado la noche anterior por la boca de él mientras hacían el amor.

Damien gruñó para sí sin dejar de mirarla. Se había puesto un vestido estampado largo de verano que rozaba sus pantorrillas esbeltas. Iba descalza, pues había tirado las chanclas a un lado.

–¡Damien! –exclamó cuando se volvió y lo vio en el umbral–. No te había visto.

–Lo sé –murmuró él, que tenía problemas para

apartar la vista de las uñas color rosa y el arco esbelto de los pies.

Ella pareció darse cuenta de que estaba pendiente de sus pies descalzos. Se ruborizó, dejó lo que estaba haciendo y fue a ponerse las chanclas.

–Tenía calor en los pies y el suelo estaba fresco…

–Déjatelos así.

Ella parpadeó.

–¿Qué?

–Me gusta verte descalza.

Por un segundo, creyó que le haría caso; pero ella continuó poniéndose las chanclas.

–No, no importa. Ahora tengo los pies fríos.

–Pues debes ser la única persona de Darwin con los pies fríos –se burló él.

Gabrielle ignoró el comentario.

–Es el aire acondicionado. Lo he subido –se acercó deprisa al frigorífico con el bol del postre.

Luego fue hasta la pared del horno y encendió la luz interior para inspeccionar el guiso que había dentro. Damien enarcó las cejas.

–No espero que llegues a casa del despacho y hagas la cena. Para eso tengo una asistenta.

–Lo sé, pero sí puedo meter una fuente al horno. Y ese postre no requería mucho tiempo –hizo una pausa–. Como agradecimiento por todo lo que has hecho hoy.

Damien sintió deseos de besarla.

–¿Has hecho el postre para mí?

–Sí –ella se giró y fue al fregadero, pero su voz sonaba ronca–. ¿No quieres ir a ducharte?

–Damien se aflojó la corbata.

–¿Te duchas conmigo?

Ella lo miró por encima del hombro.

–¿Y arruinar la cena? –preguntó con sequedad; pero sus mejillas se habían sonrojado.

–No, eso nunca –se burló él, decidido a hacerle pagar más tarde ese comentario. Dio media vuelta y se alejó.

En el dormitorio, una sensación de consuelo llenó su pecho al ver que ella había colgado su ropa en el vestidor al lado de la de él. Entró en el cuarto de baño y vio el neceser y el cepillo de ella en la encimera. Sonrió para sí. Era una sensación extraña compartir aquel espacio privado con una mujer.

Para siempre.

Quince minutos más tarde se sentaba en la mesa del comedor.

–¿Has llamado al hospital? –preguntó él mientras ella le servía el asado de pescado con verduras.

Gabrielle asintió con la cabeza.

–Papá estaba dormido, pero están contentos con sus progresos. Mamá dice que, si contrata a una enfermera, le dejarán volver a casa la semana que viene.

–Bien. Dime, ¿terminaste la carrera?

Gabrielle lo miró.

–Ah... no.

–¿O sea, que renunciaste a tu sueño?

La expresión de ella se ensombreció.

–¿Qué sueño?

–Recuerdo que querías ser dietista. Dijiste que querías ayudar a los niños a aprender a comer sano para que fueran adultos sanos.

Ella se encogió de hombros.

–Quizá la retome algún día.

Damien frunció el ceño. Tenía la sensación de que ella no era tan indiferente como pretendía, pero no insistió. Odiaba ver a la gente renunciar a sus sueños, pero aquél no era el momento para seguir con el tema. Antes tenían que arreglar muchas otras cosas.

Después de eso, comieron en silencio. El asado estaba delicioso, y el mousse de crema con chocolate también.

–Déjalo –dijo él cuando ella se levantó a recoger.

Gabrielle hizo una mueca.

–No puedo dejar todos los platos sucios para tu asistenta.

–Para eso la contrato. Si tú haces su trabajo, ella se quedará sin trabajo.

Tenía que acordarse de comentarle a Lila su cambio de situación, aunque probablemente lo adivinaría cuando viera la ropa de Gabrielle en su dormitorio.

–Es verdad –comentó ella–. Pero voy a guardar las sobras y meter los platos sucios al lavavajillas. No podemos dejarlos aquí toda la noche.

–Vale. Te ayudaré.

Ella parpadeó sorprendida.

–¿Me ayudarás?

–Por supuesto. Yo tampoco suelo dejarlo así.

Gabrielle sonrió.

–¿Entonces estás domesticado? –bromeó mientras empezaba a llevar platos a la cocina.

Damien le miró los labios y deseó borrarle la sonrisa con un beso.

–Algunas veces –gruñó.

La siguió y la ayudó a recoger, pero en cuanto terminaron, se acercó a la zona de la sala de estar.

–Ven a ver una película conmigo.

–Hum... de acuerdo –ella lo siguió más despacio–. ¿Alguna película en particular?

–Elige tú –abrió la puerta de un armario y mostró hileras de DVDs.

Gabrielle abrió mucho los ojos.

–Tienes toda una colección.

–Compro una selección cada par de meses –dijo él; se sentó en el sofá de cuero negro.

Gabrielle frunció el ceño.

–No te imaginaba como entusiasta del cine.

Él se encogió de hombros.

–A veces tengo que relajarme.

Ella guardó silencio unos segundos como si sopesara sus palabras, aunque Damien no estaba seguro de que le gustara que ella lo descifrara.

Probablemente se haría la idea de que a veces se sentía solo en aquel piso, de que a veces, al final del día, querría compartir unos momentos con una mujer que lo comprendiera. Gimió interiormente. Por supuesto, Gabrielle lo comprendía a veces demasiado para su gusto.

Ella se acercó a la colección y empezó a mirar los DVDs.

–¿Ésta? –preguntó. Sacó una de suspense que había sido un gran éxito un par de años atrás.

–Siempre que no te dé ideas –bromeó él.

Gabrielle sonrió; puso el DVD y se sentó en un sillón.

Damien golpeó con la mano el espacio a su lado.

–Siéntate aquí.

Ella vaciló.

–¿Eso es una orden?

Damien sonrió con cansancio. Aquella mujer era un reto continuo.

–No, una petición.

Gabrielle inclinó la cabeza e hizo lo que le pedía, pero a treinta centímetros de donde él quería que estuviera.

–Más cerca –murmuró Damien.

–Estoy bien aquí.

Él tiró de ella hacia sí.

–Más cerca –insistió–. Y eso sí es una orden.

–Damien, yo…

–Chist. Está empezando la película.

Gabrielle siguió tensa alrededor de medio minuto y después la sintió empezar a relajarse, lo cual estaba muy bien, porque, si no dejaba de discutir, tendría que someterla a besos.

De hecho, apenas podía esperar a hacer el amor con ella después de la película. Oh, sabía que podía tomarla en ese momento, como había hecho la noche anterior en el yate. El cuerpo de ella emitía un millón de señales que indicaban que volvía a desearlo.

Pero él quería saborearla. Tal vez era un masoquista, pero el recuerdo de aquella mujer lo había perseguido durante cinco años y ahora disfrutaba con el aroma de ella impregnando su olfato y con sentir la curva de su hombro bajo la mano y el calor de su cuerpo a su lado.

Por aquella mujer, valía la pena esperar.

A mitad de la película… ella se quitó las chanclas agitando los pies… y se terminó la espera.

–Sabes –murmuró él, con los ojos fijos en los dedos–. Tus pies me resultan muy sexys.

Ella apartó la vista de la televisión. Se sonrojó.

–Hum… sólo son pies.

–Para mí no. Ven. Pónmelos en el regazo. Déjame verlos.

En los ojos de ella brilló una chispa de humor.

–No eres un fetichista de los pies, ¿verdad?

Damien sonrió con sorna.

–No –a pesar de lo hermosos que eran, los pies

eran sólo un punto de partida. Él quería hacerle el amor a cada centímetro de ella.

Empezando por los pies.

–Échate hacia atrás –los colocó en su regazo y la hizo reclinarse contra los cojines. Empezó a acariciar despacio los delicados dedos–. Son muy femeninos.

Ella soltó una risita.

–Espero que sí.

Él levantó un pie.

–¿Ves este arco? Me dice que eres una persona sensual.

La joven se humedeció los labios.

–¿En serio?

–Si ahora te beso la parte de arriba del pie… –hizo lo que decía–. Así.

–Damien…

La voz ronca de ella lo excitaba, como también el vestido, que se había subido por el muslo.

–¿No te gusta? –preguntó.

–Sí –susurró ella–. Me gusta.

Él le besó el tobillo.

–¿Mucho?

Hubo una pausa.

–Tal vez.

–¿No lo suficiente?

Ella intentó sentarse enseguida.

–La película. No vamos a…

Damien tomó el mando y apagó la tele, con lo que sólo quedó la luz que llegaba de la zona del comedor, al otro lado de la estancia.

–Prefiero verte a ti –se puso de rodillas en la alfombra gruesa y la ayudó a estirarse ante él en el sofá, como la comida sabrosa que le había preparado antes–. Túmbate ahí y disfrútalo.

–¿Qué vas a hacer?

–Hacerte el amor con la boca –contestó él, y vio que los ojos de ella se encendían–. ¿Te gustaría eso?

–Puede ser –susurró ella.

Su leve rebeldía le hizo sonreír. Ni siquiera entonces, con su cuerpo pidiendo a gritos las caricias de él, estaba dispuesta a ceder del todo.

Y él tenía que asegurase de que lo hiciera.

Ceder por entero.

Tomó posesión de sus labios y unos segundos después la oyó suspirar rendida y comprendió que su lucha había sido consigo misma, no con él.

Interrumpió el beso e inhaló hondo. Quería consumirla, dejar que su lengua la llevara al clímax, por encima de las colinas y valles de su cuerpo… por los pezones endurecidos, el estómago plano, el leve ascenso de su feminidad. Sólo tenía que tomarla en sus brazos y podría posar sus labios donde quisiera.

Pero antes hizo lo que le había prometido y volvió a los pies para tocarlos y acariciarlos. Fue subiendo por una pierna, le alzó el vestido, colocó un beso en el triángulo de encaje que cubría su núcleo y bajó por la otra pierna.

El vestido estampado de ella tenía botones pequeños por delante, y él disfrutó abriéndolos y exponiendo poco a poco su piel lisa. Hasta que llegó a la cicatriz del estómago y una punzada de dolor lo atravesó. No podía soportar pensar en ella sufriendo de aquel modo, con su piel suave desgarrada por el metal de una máquina conducida por un imbécil que merecía que lo abrieran en canal.

–¿Damien? –preguntó ella con suavidad; pero había comprensión en su tono.

Su voz lo obligó a continuar. Si no lo hacía, ella

podía pensar que le causaba disgusto. Y no era cierto. Nada podía estar más lejos de la verdad.

–No pasa nada –dijo con brusquedad. Posó los labios en la cicatriz y la oyó dar un respingo.

Siguió por el vientre sedoso de ella hasta los pechos firmes que tan bien llenaban sus manos. La sangre le latía en los oídos cuando tomó primero un pezón hinchado en la boca y después el otro y succionó hasta que ella arqueó la espalda.

–Damien –gimió Gabrielle, con las manos en los hombros de él.

Éste levantó la cabeza y miró el rostro resplandeciente de ella. Era muy hermosa. Absolutamente deseable. Supo que había llegado el momento de saborear el resto de ella.

Le quitó el tanga azul y bajó la boca, encantado con el gritito suave que soltó ella cuando empezó a acariciarla con la lengua. Pequeños temblores recorrieron el cuerpo de ella. Damien siguió amándola, la sintió llegar al clímax estremeciéndose bajo su boca.

Y la mantuvo allí.

La mantuvo más tiempo del que esperaba.

Ya no podía esperar más a estar dentro de ella.

Sacó un preservativo del bolsillo, se desnudó rápidamente y se reunió con ella en el sofá; la penetró de una embestida y gimió en su boca por el placer de tener su carne húmeda rodeándolo.

Una llamarada le lamió la piel y empezó a moverse; sentía la tensión del cuerpo de ella, que se intensificaba a cada embestida. Ella impregnaba sus sentidos y nublaba su mente de tal modo que perdió la capacidad de pensar. Su cuerpo perdió el control.

Y él perdió su mente.

Capítulo Siete

Cuando Gabrielle abrió los ojos a la mañana siguiente, vio a Damien dormido a su lado. Yacía boca abajo, con el rostro semienterrado en la almohada. Resultaba muy sexy y muy viril.

Murmuró algo, y ella se quedó inmóvil. No quería despertarlo. Todavía no. Prefería poder estudiarlo libremente. Quería complacerse en cada detalle, fijarse en lo relajados que estaban sus labios o en que su barbilla resultaba menos arrogante así.

O quizá era que necesitaba un afeitado. Bajó la vista despacio por sus hombros amplios, la cintura delgada, hasta donde la sábana le abrazaba las caderas. Era muy fuerte la tentación de pasar los dedos por su espina dorsal.

Él emitió un sonido que en cualquier otro habría sido un ronquido suave; pero en Damien no. Caroline se mordió el labio inferior y reprimió una carcajada. Le habría gustado burlarse de él por ello, pero no era el tipo de hombre del que resultara fácil burlarse y salir ilesa.

¿Pero quería salir ilesa?

Tal vez no.

Esa idea hizo que disminuyera su placer. Una sensación se consolidó en su pecho y todo quedó claro como el agua. Damien tocaba la parte más profunda de ella y eso la asustaba, hacía que una oleada de pánico fluyera por sus venas. Se apartó y enterró el rostro en la almohada, deseando ocultarse de sí misma pero sin poder hacerlo.

Había vuelto a enamorarse del hombre que le había robado el corazón cinco años atrás.

Se había enamorado de Damien Trent.

Por segunda vez.

En ese momento, el hombre al que sabía que amaba… el hombre que estaba a su lado… empezó a moverse y se despertó. Gabrielle sintió deseos de salir corriendo de la habitación, pero así sólo conseguiría llamar la atención sobre sí misma. Si la seguía y empezaba a hacerle el amor de nuevo, ¿cómo reaccionaría ella ahora que sabía que lo amaba? ¿Cómo conseguiría mantener todo aquello dentro de ella hasta que tuviera tiempo de pensarlo bien? Porque el juego había cambiado de pronto, y ella no sabía cómo la afectaría eso.

Permaneció, pues, tumbada, de espaldas a él y con los ojos cerrados, haciéndose la dormida. Sintió que él se incorporaba sobre un codo y le besaba el hombro desnudo. Reprimió un gemido. No podía volverse y acabar otra vez en sus brazos. Rezó para que no le diera la vuelta y la obligara a quedar frente a él.

El colchón se movió cuando él salió de la cama y ella suspiró aliviada. Lo oyó entrar en el baño y un momento después le llegó el ruido de la ducha. Casi podía ver caer el agua sobre los hombros amplios, el pecho y el pelo. Apartó aquellas imágenes de su mente. Tenía que hacerlo o podía verse tentada a reunirse con él, y en ese momento no se atrevía.

En vez de levantarse para ducharse a su vez, se obligó a permanecer en una especie de limbo mental hasta que él terminó de vestirse. Cuando pensaba que

Damien se disponía a salir de la habitación, él se acercó y le dio un beso.

Gabrielle abrió los ojos alarmada, pero él sólo dijo:

—Duerme todo lo que quieras. Ven al despacho cuando estés preparada.

La joven tardó unos segundos en registrar lo que acababa de oír.

—¿Qué? —se incorporó sentada—. ¿Adónde vas?

Él se detuvo antes de llegar a la puerta y se volvió.

—Al despacho.

—¿El tuyo o…?

—¿El nuestro? —bromeó él.

Ella apartó la sábana.

—Esto no es un juego, Damien. No quiero ser una marioneta y dejarte todo el trabajo a ti.

Él pareció sorprendido.

—Yo no creo eso, pero no te vendría mal descansar.

Ella salió de la cama.

—Estoy acostumbrada a madrugar e ir a trabajar —le recordó, por si había olvidado que en Sidney era una mujer trabajadora.

La mirada de él recorrió el camisón corto de seda color crema y sus ojos se oscurecieron, pero no hizo ademán de acercarse a ella.

—Si estás decidida, de acuerdo. Tengo una reunión importante esta mañana, por lo que antes tengo que ir a mi despacho. Te veo en Kane a las once y media.

—De acuerdo.

Una hora más tarde, Gabrielle pidió a Cheryl, la secretaria personal de su padre, que convocara una reunión a las once y media en la sala de juntas. Damien y ella todavía tenían cosas que discutir con los jefes de departamento.

—No has tardado mucho en empezar a mandar —se

burló Keiran, que entró en el despacho cuando ella recogía sus papeles para la reunión.

Gabrielle ocultó su sorpresa. Era la primera vez que veía a Keiran desde el enfrentamiento del día anterior, pero era evidente que volvía para causar problemas, y eso la ponía nerviosa. Keiran siempre elegía su blanco. Debía saber que Damien no estaba con ella.

—Keiran, ¿no tienes trabajo en tu despacho?

—Cheryl me ha dicho que tienes una reunión con los jefes de departamento. Eso no ayudará mucho a la empresa, ¿vale? Serían más productivos haciendo su trabajo.

—Quizá deberías seguir tu propio consejo —repuso ella con frialdad.

Él la miró con rabia.

—¿Sabes, prima? Estoy deseando ver cómo te estrellas.

—Pues vas a tener que esperar mucho tiempo.

—¿Tú crees?

—Estoy segura.

Cheryl llamó por el interfono en ese momento. Gabrielle miró a Keiran con dureza y apretó el botón. La secretaria le dijo que Damien estaba ya en la sala de reuniones con los demás.

—Voy enseguida —Gabrielle se puso en pie—. Puedes venir a la reunión —comentó a Keiran de camino a la puerta.

—Muy generoso por tu parte.

Estaba ya harta de él. Apretó los labios para pasar a su lado, pero tropezó en la alfombra y cayó hacia delante con un gritito. Por suerte, el marco de la puerta paró su caída, pero se llevó un susto.

Pasaron unos segundos antes de que hablara Keiran, que sólo lo hizo cuando Cheryl acudió corriendo y le preguntó si estaba bien.

—Ha tropezado en la alfombra —explicó él.

—Estoy bien —Gabrielle miró la alfombra gruesa, pero no había pliegues ni elevaciones. Miró después a Keiran. Sabía que había disfrutado con el incidente, lo cual era propio de él. Era de los que disfrutaban arrancando las alas a las mariposas.

—Tú siempre tropezabas con todo —sonrió él; pero aquello no era cierto. Ella nunca había sido especialmente torpe, por lo que él seguramente sólo lo decía para explicar el incidente.

A menos…

Frunció el ceño. Él no se atrevería a atacarla físicamente. ¿O sí? Era muy capaz, ¿pero llegaría hasta ese extremo?

No. Simplemente había tropezado, nada más.

—Me alegro de que estés bien —musitó Cheryl.

Gabrielle le sonrió con calor.

—Gracias. Estoy bien.

La otra mujer asintió y Keiran se agachó a recoger los papeles que se le habían caído a Gabrielle.

—Aquí tienes. Vamos a llegar tarde a la reunión si no te das prisa.

Gabrielle levantó las cejas con sorpresa.

—¿Tú vienes?

Él sonrió.

—No me la perdería por nada del mundo.

Gabrielle salió por la puerta. Eso era precisamente lo que ella se temía.

Esa misma tarde sonó el teléfono en el despacho. Gabrielle acababa de pasar una hora con Damien revisando papeles en los que había trabajado Keiran y se alegró de poder dejarlos un momento. No le resultaba fácil trabajar tan cerca de Damien. Olía de maravilla, estaba guapísimo y ella no podía dejar de recordar cómo la había seducido en el sofá la noche anterior.

Por suerte, habían tenido un par de interrupciones más, por lo que al menos recibía a Damien en dosis pequeñas. Damien en dosis grandes sólo podía ser una sobredosis.

Descolgó el teléfono. Era su madre, que le dijo que Keiran había ido a ver a su padre, pero ella no le había dejado entrar en la habitación.

–Querida, no queremos que se le escape lo de tu matrimonio antes de que tenga ocasión de decírselo a tu padre, así que le he dicho que vuelva mañana –dijo Caroline–. Pero el doctor me ha dicho que puedo contárselo cuando despierte, y sé que tu padre querrá veros a Damien y a ti cuando lo sepa.

–¿Quieres que vayamos ahora? –preguntó Gabrielle.

–Sí. Russell se despertará pronto.

Gabrielle se despidió de ella, colgó el teléfono y contó a Damien lo que ocurría.

–¿Crees que Keiran va a causar problemas?

Damien apretó la mandíbula.

–Por supuesto.

Ella pensó en algo.

–Me sorprende que no haya intentado decirle a mi madre que sólo nos hemos casado por la empresa.

–¿Y cómo sabes que no se lo ha dicho?

–Si lo hubiera hecho, ella estaría más alterada. No, no ha dicho nada, y eso me preocupa. Se propone algo.

–No importa. No hay anda que él pueda hacer

–dijo Damien con confianza–. Vamos. Quiero estar seguro de que Russell lo aprueba.

Gabrielle vaciló un instante. Damien estaba sinceramente preocupado por sus padres y no tenía nada que ver con el dinero. ¿Cómo no había visto antes aquella amabilidad suya? ¿Por qué sólo la veía ahora que estaba enamorada de él?

Una sensación cálida la acompañó hasta que entró en la habitación del hospital, donde la alegría de su padre también le hizo bien a su corazón. Russell estaba sentado apoyado en la almohada, débil todavía pero cada vez más fuerte.

Lo besó en la mejilla y él apuntó a Damien con un dedo y el rostro tan sonriente como si acabara de tocarle la lotería.

–Siempre he sabido que te gustaba mi hija –dijo.

Damien sonrió.

–Sabía que no te había engañado entonces, Russell. Por supuesto, en cuanto volví a verla, supe que no podía dejarla escapar otra vez –la besó con ternura en la boca–. ¿Verdad que sí, preciosa?

Gabrielle lo miró un momento, incapaz de hablar. ¡Cómo deseaba que todo aquello fuera verdad!

–Míralos, Russell –dijo su madre desde el otro lado de la cama–. Es muy fácil ver que están enamorados.

Gabrielle apartó la vista de Damien en cuanto se dio cuenta de que debía parecer una tonta enamorada. No había sido intencionado.

–Sí, Caroline, tienes razón –asintió su padre.

Gabrielle se fijó en que miraba a su madre con un anhelo extraño en los ojos, pero ella no parecía darse cuenta pues en ese momento sonreía a Damien. Ella hizo lo mismo y vio que a Damien no se le había pasado por alto la mirada de su padre.

Éste tendió la mano para estrechar la de Gabrielle, con una mirada de culpabilidad.

–Gabrielle, nunca quisimos hacerte daño.

Quizá amar a Damien la volvía más blanda… o más sabia… porque ella comprendió en ese momento que estaba más que dispuesta a perdonar a aquel hombre.

–Ahora lo sé, papá –se inclinó y enterró el rostro en su cuello, emocionada por todo aquello. Odiaba que su padre hubiera tenido que estar al borde de la muerte para que todos ellos hubieran recuperado el sentido común. Lo odiaba, sí, pero se sentía agradecida.

–Te queremos, cariño –oyó decir a su madre–. Sentimos mucho lo que ha ocurrido.

Gabrielle parpadeó con rapidez para reprimir lágrimas de alegría. Amaba a aquellas dos personas. No podía cortar esos lazos. No volvería a intentarlo nunca.

–Todo está bien, de verdad –se incorporó y estrechó la mano de su padre. Su madre le tendió también la mano y los tres permanecieron unidos un momento.

Se abrió la puerta y entró una enfermera.

–¿Qué es esto? –bromeó–. ¿Una plegaria?

Gabrielle miró a sus padres y sonrió, pero se fijó en la mirada de añoranza que dirigió su padre a su madre.

–Más o menos –murmuró.

–Eso no tiene nada de malo –la enfermera se acercó a la cama y revisó el gráfico.

Damien pasó un brazo a Gabrielle por los hombros y la atrajo hacia sí. Ella se apoyó en él por una vez, pues se sentía débil con la emoción del momento.

La enfermera no se quedó mucho rato y, cuando se cerró la puerta tras ella, Caroline sonrió a Gabrielle.

–Tengo que llevarte a ver tu antigua habitación. Está todo como lo dejaste.

–Ya la he visto, mamá –se acercó y besó a su madre en la mejilla–. Gracias –murmuró. Besó también a su padre.

Caroline pareció tan complacida como Russell.

–Ahora eres una mujer casada con una casa propia –dijo–. Quizá quieras llevarte algunas de tus cosas.

Gabrielle enarcó las cejas.

–¿No os importa?

–Querida, son tus cosas –Caroline sonrió un instante a su esposo–. Además, nosotros ya tenemos a nuestra hija, no necesitamos cosas que nos recuerden a ti.

–¡Oh, mamá!

Gabrielle, que se sentía muy conmovida, a duras penas pudo reprimir las lágrimas, lo que hizo que a su madre se le humedecieran también los ojos y su padre tragara saliva con dificultad.

Media hora más tarde, Gabrielle entró en el piso y dejó el bolso en el sofá. Se volvió para ir a la cocina a buscar un vaso de agua, pero Damien estaba de pie detrás de ella. La abrazó por las caderas y la estrechó contra sí.

–¿Qué haces? –preguntó ella, que sintió inmediatamente la erección de él.

–Aprovechar las ventajas del matrimonio –murmuró él. La miró y ella vio en sus ojos una seriedad extraña que le llamó la atención.

Se humedeció los labios.

–Para eso no hacía falta casarse.

–Lo sé, pero como nos hemos casados, vamos a disfrutarlo de todos modos –él empezó a recorrer la barbilla de ella con los labios.

–Pero la cena…

–Puede esperar –declaró él.

La besó en la boca. Fue un beso largo e intoxicante que la excitó y consiguió que todo aquello le resultara más conmovedor ahora que sabía que estaba enamorada de él. Conmovedor e increíblemente hermoso.

Hicieron el amor.

Después Damien la abrazó. El sexo había sido pleno y satisfactorio, pero no podía sacudirse una cierta melancolía que parecía haberse instalado en su pecho. No le faltaba de nada en la vida, pero tenía la sensación de que sí. Tenía en sus brazos a la mujer más hermosa del mundo, pero absurdamente quería más de ella. ¿Qué le ocurría?

Gabrielle arqueó el cuello para mirarlo.

–¿Has visto cómo miraba mi padre a mi madre? Estoy segura de que todavía la quiere.

Sus palabras lo sorprendieron. Normalmente, ella no hablaba después de hacer el amor. O se quedaba dormida en sus brazos o se levantaban los dos y hacían otras cosas. Su relación no solía incluir compartir los momentos después de haberse satisfecho mutuamente.

–Yo también estoy seguro –asintió. Recordó el modo en que Russell había mirado a Caroline–. En cualquier caso, tu madre ya nos ha dicho que quiere a tu padre. Sólo es cuestión de tiempo el que vuelvan juntos.

–Han perdido un montón de años –dijo Gabrielle.

«Nosotros también», pensó él. Y entonces todo encajó en su sitio. La razón de su melancolía era que lo que había ocurrido esa tarde en el hospital había despertado sus recuerdos de cinco años atrás.

–¿Por qué te fuiste, Gabrielle?

Ella se sobresaltó. Bajó la mirada al pecho de él.

–¿Cuándo? –preguntó.

–Ya sabes cuándo.

La joven se encogió de hombros, todavía con la vista baja.

–No era fácil vivir con mi padre después de la marcha de mi madre. Y antes de eso, tampoco había sido fácil nunca.

Damien esperó un momento.

–No, ¿por qué me dejaste a mí?

Ella alzó la vista.

–Te lo expliqué en la nota.

–Ah, la nota –murmuró él, casi para sí–. Si no recuerdo mal, no querías que fuera tras de ti.

–Así es.

–¿Por qué?

Ella parpadeó. Sonrió con nerviosismo.

–Esto empieza a parecer una inquisición –bromeó; pero su aspecto incómodo declaraba que no lo encontraba nada divertido.

–¿Qué es lo que ocultas? –preguntó él.

En los ojos de ella brilló algo; bajó la vista hacia sus cuerpos desnudos abrazados en la cama.

–Me parece que nada.

A él no lo engañaba. Utilizaba el sexo para conseguir que cambiara de tema. Y eso implicaba que definitivamente ocultaba algo.

O a alguien.

Tuvo la sensación de que acababan de darle un puñetazo en el estómago. Aquella idea no se le había ocurrido nunca. Siempre había asumido que a ella le bastaría con él.

Enderezó los hombros esperando el golpe.

–¿Había otro hombre?

Ella abrió mucho los ojos, sorprendida.

—¿Qué? No, claro que no.

Damien sintió un alivio tremendo.

—Mejor —gruñó—. Ahora eres mi esposa y, si viene otro a buscarte, lo mataré.

Ella lo miró atónita. Sus ojos se suavizaron.

—Damien, no tienes de qué preocuparte. No volveré a dejarte.

Él respiró hondo. Por una vez, ella no hablaba como si su matrimonio fuera peor que la muerte, y eso lo complacía. Antes no se daba cuenta de lo mucho que se perdía al no estar casado. Disfrutaba de poder trabajar al lado de Gabrielle, de volver a casa con ella, de cenar juntos y dormir juntos. Eran una pareja.

Y un día quizá hasta tuvieran una familia.

Tragó saliva con fuerza. Imaginarse a Gabrielle embarazada de su hijo le producía una sensación rara. Como si estuviera hundiéndose en arenas movedizas.

—¿Damien? —murmuró ella.

Él saltó de la cama.

—Vamos a comer algo —dijo, contento de pisar tierra firme.

El sonido de la ducha despertó a Gabrielle a las cuatro de la mañana. Permaneció un momento medio despierta, recordando la sensación de los labios de Damien en los suyos antes de dormirse. La había poseído con su cuerpo, conquistándola, dando la impresión de que sabía lo que quería antes que ella. Había sido una unión increíble.

Debió de quedarse dormida otra vez, pues volvió a despertarla el agua de la ducha. Abrió los ojos. ¿Qué narices hacía Damien allí tanto rato?

Saltó de la cama y corrió al baño. Y lo vio con la frente apoyada en los azulejos de la pared como si no tuviera energía para mantenerse erguido.

–¡Oh, Dios mío! –corrió hasta él. Abrió el panel de cristal y vio con alivio que el agua que caía era fría–. ¿Estás bien? ¿Qué te pasa?

Él la miró con ojos vidriosos.

–Tenía calor –murmuró.

Ella le tocó la frente. Tenía la piel caliente a pesar del agua fría que caía sobre él.

–Tienes fiebre –dijo. Y cerró los grifos.

Damien pareció ser consciente de su presencia.

–Alergia –dijo.

Una oleada de pánico embargó a Gabrielle. Las alergias podían ser muy peligrosas.

–Necesitas una ambulancia.

–¡No! –él intentó enderezarse–. Mi médico. Él lo sabe. Llámalo.

El pánico de ella cedió un tanto a medida que lo iba reemplazando el sentido común. Si hubiera sido mortal, Damien ya estaría muerto. ¡Santo cielo! No podía pensar eso.

Lo tomó del brazo.

–Deja que te ayude a volver a la cama.

Damien intentó salir de la ducha.

–Puedo solo –pero se dobló en cuanto intentó erguirse.

–Seguro que sí –ella tomó una toalla para echársela por los hombros y secarlo, pero él se la quitó y se la envolvió alrededor de las caderas–. Apóyate en mí.

–Peso mucho.

–Pues apóyate sólo un poco. Puedo arreglármelas –lo llevó lentamente de regreso al dormitorio y le ayudó a tumbarse. Él gimió cuando su cabeza tocó la almohada y ella lo miró–. Voy a llamar a tu médico.

–Bien.

Ella corrió al teléfono y miró en la agenda que había al lado. Encontró el número privado del médico y llamó. Por suerte, el doctor parecía reaccionar bien a las llamadas a horas intempestivas.

Cuando volvió al dormitorio, Damien se había quedado dormido. Tenía las mejillas sonrojadas y murmuraba algo. Era evidente que deliraba, y eso la preocupaba. El doctor había dicho que conocía el problema e iría de inmediato, por lo que confiaba en que cumpliera su palabra. No le gustaba ver a Damien de ese modo.

Él empezó a moverse intranquilo.

–¿Mamá?

¡Santo cielo!

–¿Damien?

–Lo siento, mamá. Siento no haber podido… –se interrumpió y ella se preguntó qué habría pensado decir.

Al fin llegó el doctor, un hombre de mediana edad y aire inteligente.

–Es alergia a algún alimento –dijo cuando entró en el dormitorio–. Algún tipo de conservante. Le produce mareos y le da fiebre. Debió de comerlo anoche –dejó el maletín al lado de la cama y examinó a Damien–. ¿Sabe usted lo que cenó?

–La asistenta había preparado lasaña, pero seguro que conoce la alergia de él –Gabrielle no podía imaginarse que Damien se arriesgara a pasar por aquello a menudo.

El doctor abrió el maletín y empezó a preparar una inyección.

–A veces es difícil saber lo que contienen algunos alimentos. Puede haber tomado una buena dosis por accidente.

Gabrielle lo miró preocupada.

–¿Usted no puede hacer nada?

–Hay pruebas alérgicas, pero él no quiere hacérselas –sonrió el médico.

Ella le devolvió la sonrisa, aliviada porque estuviera allí.

–Eso suena típico de él.

El doctor le puso la inyección.

–Por cierto, soy Ken. Hace años que soy el médico de Damien. Tengo entendido que es usted la señora Trent.

Gabrielle se ruborizó.

–¿Ya se ha corrido la voz?

–Desde luego. Y más de una señorita se ha llevado una decepción, se lo aseguro.

Ella sonrió.

–Seguro que lo superarán –y no como ella, que lo quería demasiado para volver a perderlo.

El hombre la miró con curiosidad y sonrió con aprobación.

–Usted le conviene –dijo.

–Lo sé –repuso ella, ya seria.

Ken se marchó poco después, tras asegurar que volvería antes de la comida a ver a su paciente. Convencida ya de que Damien estaba bien, Gabrielle preparó café y se instaló en el sillón de cuero del dormitorio a verlo dormir. Era una oportunidad rara de observar al hombre que amaba sin miedo de que la sorprendiera.

Aquella idea le hizo parpadear. Había llegado a eso. A mirar a Damien a escondidas para satisfacer el anhelo de su corazón. Pero no podía evitarlo. Todo en él… todas las sensaciones con él… eran algo precioso que había que valorar y saborear.

Unas horas después, la despertó él, que intentaba levantarse de la cama.

—¿Damien?

Sentado en el borde del colchón, giró la cabeza en dirección a ella.

—¿Qué haces ahí?

Ella se levantó.

—Me he quedado dormida en el sillón.

—Deberías haberte ido al otro dormitorio —masculló él.

—Podías haberme necesitado.

Hubo una pausa.

—Estoy bien —declaró él. Pero no se movió.

Gabrielle se acercó a la cama.

—¿Se puede saber adónde vas?

—Al baño… y después al despacho.

Ella enarcó una ceja.

—¿En serio? No puedes tenerte en pie. Además, es sábado. No hay necesidad de ir a ninguna parte.

—Yo trabajo todos los días —musitó él; pero siguió sentado, como si intentara recuperar su equilibrio—. ¿Volverá Ken?

—Más tarde —ella le tocó la frente y frunció el ceño al encontrarla húmeda—. ¿No deberías intentar hacer algo sobre esa alergia?

—No —replicó él.

Gabrielle optó por no insistir.

—Ven, te llevaré al baño.

—Puedo ir solo.

Se incorporó y se tambaleó.

—Eres muy testarudo —declaró ella. Colocó el brazo de él alrededor de sus hombros—. Vamos.

Unos minutos después lo tenía de nuevo en la cama.

–Antes has delirado –dijo, para que se convenciera de que aquello era serio y había estado muy preocupada por él.

Damien cerró los ojos.

–No me acuerdo.

–Hablabas con tu madre.

–¿Sí? –dijo él sorprendido.

–Le decías que lo sentías –ella lo miró–. No deberías guardar tantas cosas dentro; no es bueno para ti.

–Puede que contrate a un publicista –se burló él.

–Veo que ya te sientes mejor.

–Sí. Así que deja de hacer de madre conmigo.

Gabrielle levantó la barbilla.

–Me alegro de ver que aprecias mis servicios –se volvió y echó a andar hacia la puerta.

–¿Gabrielle?

Ella, dolida, quería mandarlo a la porra, pero el recuerdo del modo en que lo había encontrado en la ducha seguía muy fresco en su mente. Se giró hacia él.

–¿Sí?

–Perdona –los ojos de él expresaban gratitud–. Gracias por cuidar de mí.

Gabrielle sintió una ternura profunda por él.

–De nada.

Capítulo Ocho

Después de eso, la vida siguió una pauta definida durante unos días. Kia y Danielle se turnaron para llamar por teléfono y hablar del nuevo Porsche de Gabrielle que habían oído que Damien le había comprado, cuando lo que en realidad querían era ver cómo le iba la vida de casada. Gabrielle intentaba mostrarse animada y positiva, pero seguía captando un todo de preocupación en las voces de ellas que indicaba que no se dejaban engañar fácilmente.

Sabían que amaba a Damien.

Lo amaba de verdad.

Pero no se lo decían. Estaba segura de que tampoco se lo decían a sus maridos, cosa que les agradecería eternamente.

En cuanto a Damien, no decía nada, pero todas las noches le hacía el amor con una pasión que intensificaba el amor de ella. Más allá de eso, no se atrevía a pensar. No podía permitírselo. Había demasiado dolor de corazón entre ellos. Un dolor de corazón que él no sabía que existiera. Y ella rezaba para que no se enterara nunca, no sólo por ella, sino también por él mismo. Cuanto más lo amaba, menos quería verlo sufrir.

Una noche después de cenar, Damien bajó a buscar unos papeles que se había dejado en el BMW y en su ausencia sonó el teléfono. Gabrielle vaciló antes de contestar, pero pensó que podía tratarse de algo relacionado con su padre y acabó por levantar el auricular.

Una mujer dio un respingo y vaciló un momento.

–¿Está Damien? –preguntó una voz ronca.

A Gabrielle le dio un vuelco el corazón. Se preguntó si sería una de las señoritas «decepcionadas» por su matrimonio.

–Ha salido un momento.

–Oh.

Sí sonaba decepcionada, pero Gabrielle no sabía si se debía a la presencia de ella en la casa.

–Volverá enseguida.

Hubo una pausa.

–¿Con quién hablo? –preguntó la mujer, pero no de un modo desagradable. Más bien hablaba con educación y amabilidad.

–Gabrielle –estuvo a punto de presentarse como su esposa, pero cambió de idea–. ¿Quién le digo que ha llamado?

–Dígale que ha llamado Cynthia. Y que me devuelva la llamada. Es importante.

–Le daré el mensaje –contestó Gabrielle con celos repentinos. Cynthia parecía una persona agradable, y eso era mucho más peligroso que cien mujeres que sólo quisieran a Damien por lo que pudieran sacarle.

Estaba todavía colgando el teléfono cuando entró Damien en el piso.

Dejó las llaves del coche sobre la mesa.

–¿Quién era? –preguntó.

–Una tal Cynthia.

Él apartó la vista.

–¿Ha dicho lo que quería?

–A ti.

Damien achicó los ojos.

–¿Quiere que la llame?

–Sí –ella hizo una pausa–. ¿Una antigua novia?

Una sombra de irritación cubrió el rostro de él.

–Es una… amiga.

–¿Tu amante?

Las palabras de él eran una puñalada en el corazón. Lo había sospechado, pero oírselo decir en voz alta la ponía enferma.

–Espero que seas fiel, Damien.

Él le sostuvo la mirada.

–¿Quién ha dicho que no vaya a serlo?

–Pues entonces ya puedes decirles a todas tus… «amigas» que ahora estás casado.

–Seré fiel; no tienes nada que temer a ese respecto.

Tal vez no. ¿Pero sentiría lo mismo unos años más tarde? Los hombres a menudo se dedicaban a jugar, y los hombres ricos y triunfadores no eran diferentes. La mayoría pensaban que estaban en su derecho. Su padre había creído lo mismo.

Él se acercó a ella, le puso un dedo bajo la barbilla y levantó su rostro hacia él.

–Escúchame, tú eres la única mujer que deseo.

–¿En serio? –preguntó ella, que no pudo evitar que el corazón le diera un vuelco.

Había dicho «deseo».

No «necesito».

–Sí.

–¡Qué suerte la mía! –consiguió decir ella.

Damien la miró perplejo.

–Quizá deba enseñarte la suerte que tienes –la tomó en brazos con arrogancia y echó a andar hacia el dormitorio.

Antes de que ella consiguiera respirar libremente,

él le había hecho el amor como si quisiera dejar su huella en ella para siempre. Y sí, se sentía muy afortunada. Se regodeó un momento en esa sensación; hasta que se dio cuenta de que él sólo marcaba lo que consideraba suyo.

Pero a pesar de combatir sus sentimientos por un hombre que intentaría controlarla si sabía que lo amaba, Gabrielle era feliz trabajando a su lado en el despacho, ayudándole a hacer cambios que redundarían en beneficio de la empresa.

Y todos agradecían que Keiran se hubiera tomado un descanso del trabajo los últimos días. Las oficinas eran un lugar mucho más agradable sin él allí para ponerla nerviosa con sus miradas como dagas. Entendía muy bien por qué se habían querido ir los jefes de departamento. Por suerte, los que no se habían ido ahora parecían contentos de seguir, y Damien incluso había conseguido que dos de los mejores regresaran a su antiguo puesto.

Por desgracia, Keiran volvió al trabajo una mañana en la que Damien estaba ausente en una reunión importante. Entró en el despacho de Gabrielle con una expresión de autocomplacencia que a ella le provocó un escalofrío por la espalda.

–¿Te importaría pedirle cita a Cheryl? Estoy muy ocupada –dijo Gabrielle con frialdad.

–Cheryl no está en su mesa.

–Pues puedes esperar a que vuelva.

Keiran se sentó en la silla enfrente de ella.

–Pero es que quiero decirte algo muy importante. Estoy seguro de que te resultará fascinante.

Ella miró sus ojos brillantes y supo que se avecinaban problemas.

–Adivina dónde he estado –dijo él.

Gabrielle tomó su pluma, dispuesta a no hacerle caso.

–Oye, no tengo tiempo para…

–Sidney –la interrumpió él.

–¿Y qué tiene eso de importante?

–No se trata de lo que he hecho allí, sino de lo que he averiguado.

Ella sintió un nudo en la garganta.

–¿Averiguado?

–Sobre ti.

Gabrielle parpadeó, con la esperanza de aparecer sorprendida, pero temblaba por dentro.

–¿Sobre mí?

–Sí. Y es algo muy, muy interesante.

¡Santo Cielo! ¿Era posible que supiera…?

–¿Ah, sí? –se recostó en su sillón. Ni podía ni quería dejarle ver que el corazón le latía con rapidez en el pecho.

–Invité a cenar a una de tus amigas.

Gabrielle enarcó una ceja.

–¿Una de mis amigas?

–Simone.

Ella se encogió de hombros.

–Simone no es muy amiga mía. Simplemente trabajábamos juntas, nada más.

–Pues le prestas un poco de atención a esa mujer y está más que dispuesta a contarlo todo sobre ti.

¿Todo?

Gabrielle se enderezó en la silla y miró sus papeles, disponiéndose a escribir algo. Cualquier cosa con tal de no dejarle ver lo asustada que estaba.

–No hay nada que contar.

–Vamos, Gabrielle –se burló él–. No te hagas la inocente; sabes muy bien que tienes un secreto sucio.

Ella levantó la cabeza.

—No sé a qué te refieres.

—Tuviste un accidente de tráfico.

—Dime algo que no sepa.

—Estabas embarazada —él hizo una pausa—. Perdiste el niño.

Ella tragó saliva con fuerza.

—No sé de qué me hablas, Keiran —dijo; pero se le quebró la voz, lo cual la traicionó.

Los ojos de Keiran se iluminaron con una luz de triunfo.

—¿Crees que a tu flamante esposo le interesaría todo esto? Él piensa que su esposa es una santa.

—Yo nunca he dicho que sea una santa.

—¿Y no crees que le interesará saber que tuviste una aventura y te quedaste embarazada de otro hombre?

A ella le dio vueltas la cabeza. Él no sabía que el hijo era de Damien. En ese momento no sabía si eso era bueno o malo.

—Veo que ya sí tengo tu atención —gruñó él.

Gabrielle se puso en pie y se acercó a la ventana.

—¿Qué quieres? —preguntó, de espaldas a él.

—¿O sea, que admites que estabas embarazada?

Ella se puso rígida, pero no se volvió.

—No puedo negarlo, ¿verdad?

—No, no puedes.

De pronto ella se sentía ya harta. ¡Aquel imbécil era su primo! ¿Cómo se atrevía a amenazarla de aquel modo?

Se volvió y lo miró de hito en hito.

—El chantaje es una palabra fea, Keiran. Pero encaja contigo.

—Te diré lo que quiero —repuso él muy serio—. Te

daré una semana. Una semana hasta que tu padre vuelva a casa y empiece a recuperarse como es debido, y luego quiero que hagas las maletas y te largues. Esta vez para siempre.

Gabrielle palideció.

–¿Qué?

–Le dirás a Damien que has cometido un error y dirás a tus padres que no has podido olvidar su pasado. Y me traspasarás un veinte por ciento de tus acciones y dirás a todo el mundo que crees que soy el mejor hombre para el puesto. Después saldrás de nuestras vidas para siempre. Pienso volver a asumir el control y lo haré. Antes de que Russell se recupere del todo, esta empresa estará bajo mi control.

La desesperación impedía respirar bien a Gabrielle.

–Estás loco.

–Sí, pero seré un loco rico.

–Ahora tienes dinero.

–Pero no tanto como el querido tío Russell –musitó él–. Y yo lo quiero todo. Hasta el último centavo. Todo el poder –hinchó el pecho–. La gente me respetará a partir de ahora.

Ella comprendió que eso era lo que no le había dado nadie. Respeto. Pero el respeto había que ganárselo. Y no había ninguna posibilidad de que aquel hombre hiciera algo así.

Intentó conservar la calma. No aceptar su farol.

–Me pregunto qué dirán tus padres si les cuento lo que estás haciendo –comentó.

Los ojos de él brillaron de rabia.

–Ni se te ocurra –le advirtió entre dientes.

–¿Por qué no? Puedo ir a verlos y contárselo todo. Seguro que les interesa mucho –Evan, hermano de su padre, y su esposa Karen siempre habían apoyado a su hijo, pero Gabrielle intuía una decepción profunda en ellos. Y no creía que les fuera a sorprender mucho lo que tenía que decir.

La rabia de Keiran desapareció, para ser reemplazada por una frialdad que provocó escalofríos a Gabrielle.

–Oh, pero entonces yo tendría que hablarles a los tuyos de tu sórdido pasado, ¿no? ¿Cómo crees que se tomaría tu padre la noticia de que su preciosa hija no es tan preciosa como él cree? ¿Piensas que le afectaría? ¿Que podría provocarle otro ataque?

Ella dio un respingo y él torció el gesto.

–Tú tienes mucho más que perder que yo, prima.

Gabrielle respiró con fuerza. Él tenía razón. Pasara lo que pasara, Keiran saldría ileso, aunque eso implicara cortar su relación con sus padres.

Pero ella y los suyos…

–Por favor, vete –se acercó a la puerta y la abrió.

Keiran se levantó con insolencia y avanzó hacia ella.

–Una semana, Gabrielle –susurró. Vio a Cheryl en la mesa de fuera y sonrió a su prima. Le tomó una mano y se la besó–. Y luego adiós –murmuró.

Gabrielle hizo una mueca de dolor, no sólo en su corazón, sino dolor físico. Él le retorcía la muñeca y le hacía daño. Intentó soltarse, pero él le retuvo la mano un momento más, clavándole los dedos mientras la miraba con odio.

–No olvides lo que hay en juego aquí –le recordó.

Ella levantó la barbilla, decidida a no acobardarse ante él.

–No lo olvidaré –declaró. Jamás olvidaría ni perdonaría aquello.

Keiran le soltó por fin la mano y no añadió nada más. Ella tuvo que reprimirse para no frotarse la piel maltratada. No le daría esa satisfacción.

Cerró la puerta y volvió a su mesa. Se sentó con pesadez en el sillón y una lágrima rodó por sus mejillas. La invadió una pena intensa.

¿Cómo iba a contarle el secreto de su aborto al hombre que amaba? Pero si se lo contaba, y había jurado no hacerlo nunca, tampoco podría quedarse. Cuando descubriera su engaño, él nunca la perdonaría.

¿Pero cómo podía no decirle algo tan importante? ¿Y si dentro de unos años él se enteraba de lo del niño y que lo había perdido en el accidente? Su matrimonio habría estado basado en una mentira todos esos años.

Como lo estaba ahora.

Pero no sólo tenía que pensar en Damien. Por el bien de su padre, no podía contarle a Damien la verdad y arriesgarse a que él destruyera todo aquello que su padre se había esforzado tanto por conseguir. Y él destruiría a Russell Kane si se enteraba de que su padre le había dicho que se fuera cinco años atrás, aunque Russell no hubiera sabido que estaba embarazada. De eso Gabrielle no tenía duda.

Tampoco podía arriesgarse a que Keiran se lo contara a su padre ni podía decírselo ella misma. Keiran tenía razón. El shock de su accidente y de su embarazo podía provocarle otro ataque. Y esa vez quizá no se recuperara.

No, tenía que encontrar fuerzas para huir de sus padres una segunda vez.

Y de Damien.

Capítulo Nueve

Gabrielle no supo si sentirse agradecida o no cuando Damien le dejó el mensaje de que estaría todo el día ocupado. Por lo menos, no tendría que fingir ante él, aunque no sabía cómo iba a poder ocultar su corazón roto. Pero lo haría de algún modo. Era preciso. Esa última semana con él tenía que ser muy especial, pues su recuerdo tenía que durarle toda la vida.

Cuando entraba en el piso después del trabajo, llamó su madre para decir que a su padre le habían dado el alta del hospital esa tarde. Gabrielle, que quería compartir la buena noticia con Damien, lo llamó al móvil para dejarle un mensaje, y le sorprendió que contestara él.

—¿Vas a ir a verlo? —le preguntó cuando ella le hubo contado la noticia.

—He pensado ir después de cenar, cuando haya tenido ocasión de descansar.

—Si puedes esperar media hora, iré contigo.

—De acuerdo —dijo ella.

Hubo una pausa al otro lado.

—Mejor todavía, vamos a comprar una pizza y comérnosla en la playa. Y después pasamos a ver a Russell.

A ella se le encogió el estómago.

—¿Gabrielle?

118

–¿Sí?

–¿Hay algún problema con eso?

Su problema era que lo amaba.

Y tenía que dejarlo.

–No. Estaría muy bien –repuso con voz enronquecida.

–Hasta pronto entonces.

Gabrielle colgó el teléfono con un gemido de dolor interior. Antes del ultimátum de Keiran, habría estado encantada de tomar una pizza con Damien en la playa y disfrutar de ello. Pero ahora le dolía el corazón de tal modo que sólo quería tumbarse y morir.

No por eso dejó que Damien viera sus sentimientos cuando llegó a casa justo cuando ella acababa de ducharse y ponerse ropa más informal. Lo encontró tan guapo que el corazón empezó a latirle con fuerza.

Damien dejó el maletín al lado del sofá, se quitó la chaqueta, se giró hacia ella y pasó la vista por el pantalón corto color crema y el top blanco que llevaba ella.

–Estás muy guapa.

–Gracias.

Damien caminó hacia ella y se aflojó la corbata con los ojos fijos en su rostro.

–Tengo hambre.

Gabrielle enseguida se sintió excitada.

–En ese caso, vamos…

–De ti, Gabrielle –dijo tomándola del brazo.

–Oh.

Damien la rodeó con el otro brazo y la atrajo hacia sí.

–He pensado en esto todo el día –musitó, con la vista clavada en los labios de ella.

–¿Ah, sí?

Él detuvo los labios a pocos centímetros de la boca de ella.

–¿Por qué te sorprende?

Su aliento cálido rozaba la piel de ella.

–Ah, hemos hecho el amor esta mañana.

En la mejilla de él se movió un músculo.

–Podría tomarte diez veces al día y seguir queriendo más.

Gabrielle sintió que se le debilitaban las piernas.

–Vamos, dilo –la urgió él.

A ella la latía con fuerza el corazón.

–¿Qué?

–Que sientes lo mismo –pasó un dedo por el labio inferior de ella–. Sé sincera.

Aquélla no era una de las muchas cosas en las que no podía ser sincera con aquel hombre. ¿Y qué daño podía hacer decirle la verdad por una vez?

–Sí –susurró–. Siento lo mismo.

Damien colocó las manos de ella en su pecho para dejarle sentir el calor de su cuerpo.

–Pues hazme el amor.

A ella le dio un vuelco el corazón.

–Quieres decir…

–Esta vez toma la iniciativa; quítame la ropa. Llévame dentro de ti –dijo él con voz ronca–. Ahí es donde necesito estar ahora.

Se miraron un instante.

–Damien, yo…

No estaba segura de lo que iba a decir. Sólo buscaba ganar tiempo. También lo quería dentro de ella, pero tenía miedo de traicionarse si lo tocaba como él quería.

A él le brillaron los ojos.

–Hazlo, Gabrielle. Sabes que quieres.

Sí, quería. Lo quería mucho. Pero desde su regreso se había arriesgado poco. Siempre había sido él el que hiciera el primer movimiento. Era Damien el que la abrazaba con fuerza y el que la atraía hacia sí cuando ella pasaba a su lado y la sentaba en su regazo.

Y ella sí quería hacerle el amor. Y de pronto la necesidad que sentía él de ella le dio valor para ser atrevida. Le mostraría con actos lo que no podía decirle de palabra.

–Sí, quiero hacerlo –musitó. No pensaría en el futuro; sólo importaba el momento.

Él respiró hondo.

–Adelante –murmuró.

Ella miró un instante la corbata aflojada. Estaba muy sexy y ella no quería estropear aquella foto de él. Le habría gustado quedarse horas mirándolo.

Pero tenía que actuar, por lo que terminó de desatar la corbata con manos temblorosas. La tiró sobre la alfombra y siguió con los botones de la camisa, que abrió uno a uno, sintiendo el corazón de él latir bajo sus manos y su aroma viril abrazar sus sentidos.

Suspiró y deslizó las manos en la camisa abierta de él para rozar su pecho fuerte. Le gustaba la sensación del músculo duro suavizado por la piel tersa.

–Eres muy guapo –murmuró con sinceridad. Y vio que él la miraba sorprendido. Se inclinó y pasó la punta de la lengua por el vello del pecho de él.

–Hum, sabes salado.

Él soltó un sonido gutural que le recordó el poder femenino del que había hecho gala años atrás. Entonces no había mostrado tantas inhibiciones después de que Damien la iniciara en el arte del amor. Ahora empezaba a recordarlo todo.

Inhaló con placer.

–Hueles como un hombre preparado para el amor.

Vio latir el pulso en la garganta de él.

–Pues ámame –musitó Damien.

Y a ella se le calentó el corazón; sabía que él se refería al plano físico, pero estaba dispuesta a darle mucho más.

Terminó de quitarle la camisa y la tiró al suelo. Exploró el cuerpo de él con las manos y con los labios; le rodeó el pezón con la punta de la lengua y lo oyó dar un gemido antes de pasar al otro lado del pecho.

Fue trazando besos suaves por el vello oscuro del centro del pecho, en dirección a la hebilla del cinturón. Pudo ver el efecto que producía en él antes incluso de enderezarse para desabrochar la hebilla, bajar la cremallera del pantalón y liberarlo de la ropa interior.

Estaba excitado. Deslizó la mano por su pene y lo acarició, encantada con el gemido que soltó él.

–Bruja.

–¿Quieres que pare? –preguntó ella con aire provocativo.

–¿Tú qué crees? –gruñó él.

–Lo que creo es que voy a hacer lo que quiera contigo –dijo ella sonriendo.

–Sí.

Gabrielle posó la vista en la mano que tenía en el pene de él y bajó la cabeza. Lo amó con las manos y con la boca, saboreándolo con los labios y la lengua, inhalando su aroma, adorándolo, hasta que él la apartó y la hizo incorporarse.

Le tomó el rostro entre las manos y la besó con fuerza.

–Te necesito desnuda a mi lado.

A ella le latió con fuerza el corazón.

–Pues déjame hacer los honores –susurró.

Se apartó y se desnudó para él deprisa porque ya lo deseaba mucho y había demasiada tensión sexual entre ellos.

Dio un respingo de satisfacción cuando él la atrajo hacia sí y apretó contra ella su erección, dura y exigente. Ella saboreó la sensación de la piel caliente de él en la suya, del contacto de sus manos subiendo por la espalda desnuda de ella, del modo en que el vello del pecho de él rozaba sus pezones doloridos.

Damien la tomó en brazos y la llevó al dormitorio, donde la dejó caer sobre la cama.

–Creía que estaba yo al mando –protestó ella.

Él se puso un preservativo y se reunió con ella en la cama. La levantó encima de él.

–Vale –la colocó de modo que ella quedara sobre su pene–. Asume el mando –murmuró cuando ella lo recibió en su interior.

Una hora y media más tarde, estaban sentados en una manta bajo las palmeras de Playa Mandil, comiendo pizza y viendo el glorioso atardecer. Gabrielle estaba hambrienta después de otra ronda de hacer el amor en la ducha antes de vestirse y salir del piso.

Pero también estaba sobrecargada de sensaciones, con él a su lado mirándola con cierta curiosidad.

–¿Cómo te ha ido hoy en el despacho? –preguntó Damien en tono casual, como si fueran un matrimonio más.

Gabrielle se encogió interiormente. Los matrimonios normales solían estar enamorados y no tenían un primo que hiciera chantaje a la esposa y amenazara con destruir todo lo que ella más quería.

–Hum… ha sido un reto.

Damien asintió y mordió un trozo de pizza con la vista fija en el mar. Él no podía tener ni idea de hasta qué punto había sido Keiran un reto aquel día.

Volvió la cabeza y la miró pensativo un momento.

–Quiero que vuelvas a la universidad y termines tu carrera –dijo.

A ella casi se le cayó la pizza de la mano.

–¿Qué?

–Cuando te conocí, estudiabas Nutrición y Dietética. Tus ojos se iluminaban cuando hablabas de ello, por lo que supongo que lamentas no haberlo terminado. ¿Tengo razón?

–Supongo que sí, pero…

–Termínalo, Gabrielle.

Ella bajó la vista a la pizza que tenía en la mano.

–No… puedo.

–¿Por qué?

¿Cómo decirle que pronto tendría que volver a ganarse la vida? Eileen volvería a admitirla, pero no le quedaría tiempo para estudiar.

Se encogió de hombros.

–No había pensado en ello.

–Pues prométeme que lo pensarás.

Gabrielle lo miró a los ojos.

–Lo prometo –dijo con sinceridad.

–Bien.

Ella inclinó a un lado la cabeza y observó cómo la brisa le movía el pelo moreno. De pronto deseó saber todo lo que pudiera de aquel hombre antes de dejarlo libre.

–¿Cuáles son tus sueños, Damien? Nunca me los has contado.

Él tomó un sorbo de su lata de limonada y sonrió.

–Los mismos de todos los hombres. Ser rico, triunfar y tener todas las mujeres que desee.

Ella hizo una mueca. Era propio de él no compartir sus sueños pero esperar que ella se lo contara todo.

–Lo digo en serio.

La sonrisa de él se evaporó.

–En serio, pues. Soy rico. He triunfado. Y tengo a la mujer que deseo.

A ella le dio un vuelco el corazón.

–Oh.

Él le lanzó una mirada de curiosidad.

–¿Eso es todo lo que tienes que decir?

–Tres de tres no está mal –bromeó ella.

Pero no sentía ninguna gana de reír. Un hombre como Damien nunca admitiría sentir algo por una mujer aparte de lujuria. Y no importaba. Ella no quería complicaciones. Él sobreviviría sin ella, como había hecho siempre, y eso haría que le resultara más fácil alejarse cuando llegara el momento.

Al recordar su próxima marcha, dejó en el cartón el trozo de pizza que tenía en la mano y se incorporó de un salto.

–Tenemos que irnos. Quiero ver a mi padre antes de que se duerma.

–¡Espera! –Damien se levantó y se acercó a ella con el ceño fruncido–. Todavía no te crees que a mí me baste contigo, ¿verdad?

–Claro que sí –contestó apartando la vista.

Pero ni siquiera a ella le sonaba convincente. Aunque no importaba. De hecho, era mejor así. Si Damien creía que estaba molesta por aquello, no sospecharía que era su marcha inminente lo que la alteraba.

Una sombra oscura cubrió el rostro de él, pero cuando se disponía a hablar, pasaron unos niños y un perro corriendo y salpicando arena.

Gabrielle, agradecida por la interrupción, se apartó de él y empezó a recoger las cosas. Después de un momento, él también ayudó, y ella le agradeció que no dijera nada más de camino a casa de sus padres. Por una vez la costumbre de él de guardarse sus pensamientos para sí trabajaba a favor de ella.

Pero no sabía cómo iba a conseguir dejarlo. Si se iba sin previo aviso como la última vez, tendría que dejar allí todas sus cosas. No podría continuar el hilo de su vida anterior. Se engañaba a sí misma si creía que Damien no la seguiría esa vez. Su orgullo le dictaría que su mujer tenía que volver con él.

Un cuarto de hora después entraban en su antigua casa. Encontraron a su padre tumbado en la cama, donde su madre le leía una novela.

–¿Qué pasa, Russell? –bromeó Damien–. ¿Te vuelves blando con la edad?

–Eso parece –dijo Russell con una sonrisa.

Caroline cerró el libro y lo dejó en la mesilla.

–Dice que ya no piensa leer más periódicos económicos.

Damien lo miró con curiosidad.

–¿Te vas a jubilar?

–Sí, hijo, así es. Quiero disfrutar de las cosas más importantes de mi vida –miró a Caroline y a Gabrielle–. Eso es lo único que me importa ahora.

A Gabrielle le latió con fuerza el corazón. Había deseado muchas veces oír esas palabras y ahora sólo le causaban angustia y desesperación.

Su madre sonrió.

–Bueno, querida. ¿Cuándo vais a tener una ceremonia como es debido? Tengo que anotar la fecha. No sé dónde estaré para entonces, pero…

Russell la miró.

–¿De qué estás hablando?

Caroline apartó la vista.

–Hum, he dicho que no estoy segura de dónde…

–Ya lo he oído –gruñó él–. Pero no sé por qué lo has dicho. No irás a ninguna parte. Por lo menos sin mí.

Caroline se ruborizó, pero se mantuvo firme.

–Russell, volví porque te dio un ataque. Cuando te recuperes, ya no me necesitarás.

–Te equivocas. Te necesito más que nunca –contestó él con brusquedad.

A Caroline le temblaron los labios.

–Russell, yo…

–¿Me quieres?

La mujer levantó la barbilla y lo miró a los ojos.

–¿Por qué lo preguntas?

–Porque te quiero –contestó él–. Más que nunca.

Caroline pareció vacilante.

–¿Me quieres?

–Pues claro que sí –pasó la vista por todos ellos con un movimiento de cabeza arrogante que a Gabrielle le recordó a Damien–. Y no me importa quién lo sepa.

Su mujer se mordió el labio inferior.

–Pero… yo creía que ya no te importaba. Te muestras tan… amable a veces.

–Sólo porque quería recuperarme del todo antes de convencerte de que te quedes conmigo. Todavía no estoy completamente bien, pero quiero que te quedes.

Los ojos de Caroline se llenaron de esperanza.

–¿Sí?

–Sí –susurró él.

Le tendió la mano y ella se echó en sus brazos.

–¡Oh, Russell!

Aquella escena hizo disminuir algo la desesperación de Gabrielle. Sus padres estarían bien sin ella. Se querían mutuamente. El amor los ayudaría.

Y a ella también.

Algo le hizo apartar la vista de sus padres y llevarla a la ventana. Damien la observaba con mirada penetrante.

–Vaya, vaya, Russell –dijo una voz de hombre desde el umbral–. Todo esto es una sorpresa.

Gabrielle se volvió y vio a Keiran en la puerta con una sonrisa que rezumaba falso encanto. Su presencia le produjo una desolación profunda.

–Keiran –Russell parecía complacido–. Entra, entra. Tengo noticias. Pienso renovar mis votos con Caroline en cuanto sea posible.

Keiran entró en la habitación.

–Es una noticia fantástica. Siempre supe que vosotros dos debíais estar juntos –se paró al lado de Gabrielle y sonrió a Damien, en el otro extremo de la habitación–. Y estos dos también.

–Oh, o sea, que tú también lo habías notado –Russell se apoyó en la almohada con el gesto de un hombre que ya lo tiene todo.

–Claro que sí. Y me alegro por ellos –Keiran le sonrió, pero su mirada era muy fría–. Estoy seguro de que ya no puede interponerse nada entre ellos, ¿verdad, Gabrielle?

La joven tenía los nervios tensos.

–Yo…

–Has acertado –la interrumpió Damien desde su posición en la ventana.

Keiran inclinó la cabeza, pero la sonrisa de autocomplacencia seguía en sus labios. Controlaba el futuro de Damien y el de Gabrielle, y lo sabía.

Miró a su prima y le levantó la muñeca.

—Vaya, prima. ¿Cómo te has hecho ese moratón?

Gabrielle había estado tan alterada que no se había fijado en el moratón hasta ese momento. No era grande, pero sí de un púrpura oscuro, en el punto en el que Keiran le había clavado el pulgar. Por suerte, estaba en la parte interna de la muñeca y no era fácil verlo.

Gabrielle apartó la mano.

—No lo sé —vio que Damien la miraba con atención.

—Tendrás que ser más cuidadosa —musitó Keiran con falso interés.

Su madre se acercó y le levantó la mano.

—Keiran tiene razón. El color es bastante feo.

Gabrielle se ruborizó. Su madre se escandalizaría si supiera que se lo había hecho su sobrino. Todos se escandalizarían. Ella misma no podía creerlo.

Keiran soltó una risita.

—El otro día tropezó y se habría caído de no ser por mí —mintió—. Siempre ha sido un poco torpe.

Caroline frunció el ceño.

—Yo no recuerdo nada semejante, Keiran —dijo.

—Yo tampoco —declaró Russell con una mueca.

A Gabrielle le dio un vuelco el corazón. Su padre miraba a Keiran achicando los ojos. ¿Sospechaba la verdad? Confiaba en que no fuera así, pues eso llevaría a que se descubrieran secretos peligrosos.

—¿Queréis que prepare un té? —preguntó su madre.

Gabrielle sonrió inmediatamente.

—Eso estaría muy bien —dijo. Y supo entonces que

Keiran le había puesto la zancadilla unos días atrás. No había tropezado por accidente.

Keiran sonrió a su madre, pero Gabrielle creyó ver que estaba un poco nervioso.

–Sí, muy bien, Caroline.

Ésta salió de la estancia y Gabrielle tragó saliva con fuerza. Su padre seguía con el ceño fruncido, pero era Damien el que preocupaba a Gabrielle. Tenía los ojos fijos en ella, y la joven temía que hubiera descubierto el juego de Keiran.

Damien no supo cómo consiguió superar la media hora siguiente. Rezaba en su interior para estar equivocado, pero su instinto le decía que no. La tensión lo inundaba por dentro.

–Vale, Gabrielle –dijo cuando llegaron a su casa.

Ella le había lanzado miradas nerviosas por el camino, y él no había hecho nada por tranquilizarla. Quería que se lo contara todo y no quería posponerlo más.

–Dímelo. ¿Cómo te hiciste ese moratón?

Pasaron unos segundos. Ella le lanzó una mirada ansiosa.

–¿Eh? ¿Moratón? –repitió.

Damien señaló su mano con la cabeza.

–El de la muñeca.

–Oh, ése –ella se encogió de hombros y dejó el bolso en el sofá–. No me acuerdo.

–Keiran sabía que lo tenías –señaló él.

Gabrielle enarcó una ceja.

–¿Qué pretendes insinuar?

Los dos sabían que ella ocultaba algo.

–Keiran ha sacado el tema por alguna razón.

–Él es así de estúpido.

Damien reprimió su irritación por las tácticas de dilación de ella.

–¿Por qué creía que tenía que comentarlo? –preguntó con calma.

–¿Cómo voy a saberlo? –gritó ella, con aire retador. Pero algo en sus ojos azules indicaba que en el fondo no se sentía tan retadora. Había una chispa de miedo en su mirada.

A él se le encogió el estómago.

–Yo creo que lo sabes –comentó.

Gabrielle enderezó los hombros.

–¿Me estás llamando mentirosa?

–Sí –la miró con dureza, con la firme intención de no ceder. Descubriría a qué venía todo aquello aunque fuera lo último que hiciera.

Ella hundió un poco los hombros.

–Damien, por favor, déjalo ya.

Él respiró con fuerza.

–¡Dios mío! ¿Ese moratón te lo ha hecho Keiran? –aunque ya lo sospechaba, era distinto saberlo de cierto.

Ella se abrazó el cuerpo en un gesto defensivo.

–Sí, así es.

Un dolor cortante atravesó el pecho de él.

–Lo mataré –gruñó; y dio un paso hacia la puerta.

–¡No! –ella se colocó delante de él–. ¿De qué serviría eso? Déjalo ya.

Damien se detuvo y la miró a los ojos.

–¿Por qué no me lo dijiste?

–Porque en su momento no me pareció importante.

Él lanzó un juramento. Nadie debía tolerar abusos físicos, y menos de un cobarde como aquél.

—Esta mañana no quería escucharlo –explicó ella–, y me ha sujetado la muñeca con fuerza; eso es todo.

Damien la miró incrédulo.

–¿Todo? Presumía de ello. Lo hizo deliberadamente –recordó algo–. También presumía de haberte hecho tropezar. ¿Es cierto? La verdad, por favor.

–Creo que sí.

Damien apretó los dientes. Allí había algo más de lo que ella decía.

–¿Por qué no lo escuchabas? ¿Qué decía?

–Nada. Cosas del trabajo –repuso ella. Pero volvió a apartar la vista, cosa que lo ponía nervioso a él.

–Deberías habérmelo dicho. Si lo ha hecho una vez, lo repetirá.

–Yo creo que no.

–Seguro que sí –insistió él.

De pronto se le ocurrió algo. Gabrielle no había tenido problemas en enfrentarse antes con Keiran. ¿Por qué no lo hacía ahora? ¿Qué peso tenía Keiran sobre ella? Sólo había un modo de descubrirlo.

–Está bien –dijo.

La rodeó y siguió hacia la puerta. Era tarde, pero tenía algo pendiente.

–Damien, por favor –le imploró ella–. Esto es una locura.

Él siguió andando. Tenía una misión y pensaba cumplirla.

–Damien, ¿adónde vas?

Él no se detuvo.

–Adivínalo.

–No vayas, por favor. Olvídalo.

Él se detuvo un instante para mirarla.

–De eso nada –salió por la puerta. Tenía cosas que aclarar. Y Keiran Kane era una de ellas.

Capítulo Diez

Gabrielle vio salir a Damien enferma de angustia. ¿Por qué le había hablado de Keiran? Ahora él iba en busca de su primo. ¿Qué haría cuando lo encontrara? ¿Pegaría a Keiran? Desde luego, sí parecía lo bastante furioso. ¿O se mostraría frío y contenido y, por lo tanto, más peligroso? Conociendo a Damien, sería lo último.

Por supuesto, Keiran no vacilaría en hablarle del aborto. También le diría que era el hijo de otro hombre, aunque eso podía aclararlo ella sin dificultad.

Lo que no podía explicar era no haberle hablado a Damien de su hijo. ¿Cómo podría mirarlo a los ojos y decirle que había perdido la maravillosa creación que él no sabía que habían hecho juntos?

Cerró los ojos con el corazón dolorido. Estaba a punto de perder a Damien antes de lo que esperaba.

Se metió en la ducha y después se puso el camisón y se acostó. Y su angustia dio paso a otro tipo de dolor cuando llegó medianoche y no había señales de Damien. Podía llamarlo al móvil, pero una idea terrible se lo impedía.

¿Y si había ido a buscar consuelo en los brazos de otra mujer? ¿Cynthia tal vez? Nunca le había llegado a explicar quién era aquella «amiga» ni lo que quería.

Su padre había ido con otras mujeres años atrás. Eso era lo que hacían los hombres cuando las cosas se ponían difíciles, ¿no? ¿Llegaría Damien a casa oliendo al perfume de Cynthia y con pintalabios en el cuello de la camisa?

Cuando amaneció, sentía el corazón muy pesado. Para entonces Damien seguramente sabía ya lo del aborto. No había vuelto a casa y su prolongado silencio indicaba que no quería que ella se quedara.

Había llegado el momento de irse.

¿Pero cómo les decía a sus padres que se marchaba? Ella no estaba preparada, y ellos tampoco. ¿Podía decirles que tenía que volver a Sidney a ayudar a Eileen? Les diría que sería algo temporal. Así daría tiempo a su padre a recuperarse del ataque y, cuando pasara el tiempo y vieran que no volvía, ya no sería tan duro para ellos. Además, ahora se tenían el uno al otro.

Sabía que era una solución cobarde, pero lo hacía por la salud de su padre. Lo haría así y confiaría en que todos sufrieran lo menos posible. No creía que Damien les fuera a contar lo del aborto. Él no les haría eso.

Pero Keiran sí.

Tragó saliva con fuerza y maldijo a su primo por haberla colocado en esa posición. De momento tenía que ver a sus padres. No se permitiría pensar en Damien. No podía. Cada cosa a su tiempo.

Le había dicho a su madre que quería recoger algunas cosas de su casa, así que iría en ese momento. Necesitaba ocuparse en algo y, si lo iba a perder todo, quería llevarse recuerdos de su antigua habitación.

Sacó su maleta vacía del vestidor, dispuesta a llenarla con las cosas que no había podido llevarse la primera vez.

Su madre abrió mucho los ojos cuando abrió la

puerta y vio a su hija con la maleta en la mano. La miró confusa.

Gabrielle sonrió.

—Aquí estoy.

Caroline parpadeó.

—Ya te veo.

Gabrielle entró en la casa.

—Vengo a recoger cosas de mi habitación.

Su madre la miró sorprendida.

—¿Ahora?

Gabrielle vaciló.

—¿Es un mal momento?

—No, claro que no. Pero no te esperaba tan temprano.

—Lo siento; madrugo mucho —sabía que seguramente debía irse y volver más tarde; pero no estaba segura de tener fuerzas para repetir aquello—. ¿Cómo está papá?

—Mucho mejor.

—Estupendo —al menos había algo bueno en todo aquel desastre—. Voy a mi habitación.

Su madre cerró la puerta.

—Antes pasa a ver a tu padre, está despierto.

—Vale —Gabrielle se volvió, pero cambió de idea, se giró de nuevo y abrazó a su madre—. Me alegro mucho de que papá y tú volváis a estar juntos.

—Gracias, querida —Caroline le devolvió el abrazo y, cuando se apartó, la miró preocupada.

Gabrielle no podía soportar su mirada, por lo que subió los escalones de dos en dos.

Su padre pareció sorprendido de verla.

—¿Dónde está Damien?

Ella fingió indiferencia.

—Ha ido temprano al despacho.

Russell hizo una mueca.

–¿Eso tiene algo que ver con tu primo?

Gabrielle intentó no demostrar sorpresa, pero sospechaba que no había podido engañar a su padre.

–No estoy segura –mintió. Y pasó a hablar de la salud de él antes de ir a su habitación a revisar sus cosas.

Allí estuvo a punto de derrumbarse. Era injusto tener que renunciar a todo aquello justo cuando acababa de encontrarlo de nuevo. Renunciar a sus padres era ya terrible; renunciar a Damien la llenaba de angustia y desolación.

Al final sólo se llevó unos cuantos recuerdos. Las demás cosas podían ir a la basura, pues no tenían importancia para nadie que no fuera ella.

Cuando terminó en su habitación, bajó a la cocina a tomar una taza de café para darse fuerzas.

A continuación iría a decirles a sus padres que había recibido una llamada urgente de una amiga que la había ayudado a ella años atrás. Seguramente lo entenderían.

Su madre entró cuando se servía una taza de café.

–Sírveme a mí también –dijo.

–Por supuesto –Gabrielle le tendió la taza y se echó otra para sí misma.

Caroline se apoyó en la encimera de mármol y tomó un sorbo de café antes de hablar.

–¿Te gusta nuestra nueva cocina?

–Sí –Gabrielle miró la estancia. Había visto los cambios, pero no les había dado mucha importancia. Lo importante eran las personas, no las cosas.

–¿Va todo bien, querida?

La joven miró el rostro preocupado de su madre.

–Hum… no sé a qué te refieres.

–¿Por qué has venido tan temprano? ¿Por qué no viene Damien contigo? Hay algo que no va bien. Lo presiento.

Gabrielle quería decirle que era su imaginación, pero aquello sólo retrasaría lo inevitable. Dejó la taza en la encimera y respiró hondo.

–Mamá, tengo que decirte algo. Me…

–Quizá quieras decírmelo a mí también –dijo Damien desde el umbral.

Gabrielle se giró hacia la voz. El pánico invadió su pecho. Le pareció ver alivio en los ojos verdes de él.

Notó también que parecía cansado. No se había afeitado y llevaba la misma ropa que el día anterior.

Entró en la cocina.

–Caroline, ¿puedo hablar a solas con mi esposa, por favor?

La mujer miró a su hija.

–¿Querida?

Gabrielle asintió con la cabeza.

–Estoy bien, mamá.

–Vale, pero llama si me necesitas –Caroline salió de la estancia.

Gabrielle enderezó los hombros y miró a Damien a los ojos.

–¿Cómo sabías dónde estaba?

–Pura suposición. ¿Por qué has venido aquí con tu maleta?

Ella frunció el ceño.

–Quería recoger unas cosas de mi antigua habitación para llevármelas como recuerdo.

–No me vas a dejar, Gabrielle –declaró él.

Aquello la sorprendió.

–¿Entonces lo sabes?

Él echó a andar hacia ella.

–Si crees que te voy a dejar marchar una segunda vez, estás muy equivocada.

La joven arrugó la frente.

–Pero Damien…

Él se detuvo frente a ella y le puso las manos en los hombros.

–No, escúchame. Eres mi esposa y vas a seguir siéndolo. ¿Está claro?

Gabrielle no entendía lo que pasaba. Keiran debía haberle contado lo del chantaje; pero si sabía lo del aborto, ¿por qué quería que se quedara?

Frunció el ceño.

–No comprendo. Un niño…

Damien se quedó inmóvil.

–¿Todo esto es por eso? ¿Quieres un hijo?

Ella lo miró confusa.

–¿Fuiste a ver a Keiran anoche?

Él dejó caer las manos de los hombros de ella.

–Lo intenté, pero no pude encontrarlo. Creo que se ha escondido. Y ha hecho bien, porque cuando lo vea, lo estrangularé.

A Gabrielle se le doblaron las rodillas de alivio. ¡Gracias a Dios que no conocía toda la historia! Todavía quedaba una posibilidad de que no la conociera nunca… una posibilidad pequeña, sí, pero… No, aquello era una tontería. Tenía que marcharse.

Entonces recordó que lo había esperado toda la noche.

–¿Dónde has estado? –preguntó.

Damien frunció el ceño.

–En el despacho, trabajando.

–¿En serio? –ella no lo creía.

–¿No has oído mi mensaje? Te dejé un mensaje en el contestador diciéndote dónde estaba.

Ella parpadeó.

–Pero yo he estado allí toda la noche y no he oído… –hizo una pausa–. ¿A qué hora llamaste?

–Sobre las once.

–Ah.

Damien frunció el ceño.

–¿Qué significa eso?

–Me di una ducha sobre las once.

–¿Y después de eso no viste si había mensajes?

–No. Estaba muy alterada.

La mirada de él se ablandó brevemente, pero no tardó en endurecerse de nuevo.

–Vale, ya entiendo. Pensabas que había pasado la noche con otra mujer, ¿no?

Gabrielle levantó la barbilla.

–Se me ha pasado por la cabeza, sí.

Damien le puso una mano bajo la barbilla y la obligó a mirarlo.

–Ya te lo he dicho. Yo no quiero ninguna otra mujer.

Era extraño, pero en ese momento no podía no creerlo. Era como si algo se hubiera abierto en su corazón y hubiera hecho que lo viera como era en realidad. Había sido la amabilidad personificada con sus padres. Y se había casado con ella por ayudar a su padre. Si fuera el tipo de hombre que podía estar casado y tener amantes, no sería el hombre al que ella amaba.

–Lo sé –musitó. Su amor por él se había hecho más fuerte y profundo.

Damien relajó los hombros.

–Me alegro. Y quizá podamos hablar de ese tema del niño.

El miedo se apoderó de ella.

–Todavía no.

Él asintió con la cabeza.

–Oye, tengo que ir a casa a cambiarme y después volver a mi despacho. Hay unas negociaciones que están durando más de lo que creía. Es un ejecutivo que tiene que volver a Inglaterra esta tarde y todavía tenemos cosas pendientes.

Gabrielle sintió tentaciones de irse con él a la casa, pero sabía que acabarían haciendo el amor. Y aunque quería pasar con él todo el tiempo que le quedara, sabía que su trabajo también era importante y no quería perjudicarlo de ningún modo. Ya le había dado mucho a la empresa de su padre.

Asintió con la cabeza.

–Yo me quedaré un rato aquí. Quiero hablar con mis padres.

Damien la miró decepcionado. La agarró por la cintura y la atrajo hacia sí.

–Necesito hacerte el amor. Pronto.

Gabrielle tragó saliva con fuerza.

–Nos veremos luego.

–Sí –la besó en los labios y se marchó.

A ella la latió con fuerza el corazón. En los ojos verdes de él había visto satisfacción y también alivio. Pero había asimismo algo más. Algo que parecía necesidad, no deseo. Él mismo lo había dicho.

«Necesito».

Unos minutos después entró su madre en la cocina.

–¿Va todo bien, querida? –preguntó Caroline con cautela.

Gabrielle respiró hondo y sonrió.

–Pues claro que sí. Sólo había sido un malentendido.

–Suponía que sería eso –el rostro de su madre se

iluminó–. Me alegro de que lo hayáis aclarado. Damien es un hombre maravilloso.

–Sí, lo es.

–Y me alegro de que su infancia no le haya afectado mucho.

A Gabrielle le dio un vuelco el corazón.

–¿Su infancia?

Su madre enarcó las cejas.

–¿No te ha hablado de su infancia?

–No. Por favor, cuéntamelo –murmuró la joven, casi con miedo.

–Oh, querida, no fue nada horrible ni nada de eso –se apresuró a aclarar Caroline–, pero yo conozco a alguien que conocía a sus padres. Se querían mucho, tanto que básicamente excluían a su hijo. Al parecer, apenas sabían que existía –apretó los labios, pensativa–. Supongo que lo querían, pero daba la impresión de que usaran todo su amor en el otro y no quedara nada para Damien. Creo que por eso se esforzó tanto por hacerse millonario y por eso parece tan distante en ocasiones. Es su modo de estar en control.

–¡Oh, Dios mío!

Ignorar a un niño y fingir que no existía era una forma de abuso psicológico. ¿Por eso le había pedido perdón a su madre cuando deliraba? ¿Se disculpaba por existir?

Caroline chasqueó la lengua.

–No me sorprende que todavía no te haya contado nada de eso. Sé que te quiere, pero necesitará tiempo para derribar las barreras.

Gabrielle sabía que tenía razón. Si Damien insinuaba algo de su pasado, probablemente sentiría que perdía parte del control que tanto había luchado por mantener.

Soltó el aire despacio, pensando que ya sabía lo que movía a Damien. Y eso la volvía vulnerable pero también fuerte, de un modo que nunca había imaginado. Saboreó la sensación y disfrutó de ella. Le daba fuerzas para afrontar lo que le deparara el futuro sin Damien a su lado.

Y de pronto, sin darse cuenta, descubrió que estaba mirando más allá de sí misma. Conocer el pasado de Damien le hizo comprender que le haría algo terrible si lo dejaba. Sus padres no lo habían necesitado y lo habían ignorado toda la vida. Y ahora ella estaba a punto de hacer lo mismo. Otra vez. Se iría para no volver, como si ella tampoco lo necesitara.

Y todo por la avaricia de Keiran.

De pronto lo vio todo con total claridad y supo que ya estaba harta de las exigencias de Keiran. No podía permitir que su primo les destrozara la vida. Damien la necesitaba. No podía dejarlo, por lo menos hasta que no le dijera la verdad. Si después él quería que se fuera, por muy doloroso que le resultara, se iría.

Pero en sus términos, no en los de su primo.

Damien merecía enterarse de la muerte de su hijo no nacido y de las circunstancias que la habían rodeado. Si la situación hubiera sido al contrario, ella también habría querido saberlo, por mucho que le hubiera dolido o la hubiera enfurecido. Ahora sabía que no era justo ocultárselo, aunque él decidiera destruir a su padre.

Y si Damien hacía lo impensable, y ella pedía a Dios que no fuera así, tenía que creer que sus padres estarían bien a pesar de todo, pues se tenían el uno al otro.

Damien no tenía a nadie.

Quince minutos más tarde, Gabrielle cerraba sin hacer ruido la puerta del Porsche delante de una casita semiescondida entre palmeras y helechos. Era media mañana y, tal y como había sospechado, vio a Keiran sentado en la sala. Estaba instalado en el sofá viendo la tele, como si no tuviera ningún cuidado en el mundo.

Gabrielle llamó al timbre con los labios apretados. ¿Cómo se atrevía a intentar arruinar su vida y la de la gente a la que quería? Se merecía todo lo que le reservaba el futuro.

Cuando Keiran abrió la puerta, la miró atónito, pero no tardó en recuperarse.

—¿Cómo sabías que estaba aquí? —preguntó cortante.

Ella pasó a su lado y entró en la casa.

—Tú utilizas a la gente —repuso—. Por lo que he supuesto que seguirías utilizando a tu antigua novia —se paró en mitad de la sala y enarcó las cejas—. Y por cierto, ¿cómo está Teresa?

Él achicó los ojos.

—Ve al grano, Gabrielle.

—He venido a decirte que estás despedido.

Él tardó un instante en reaccionar. Después soltó una carcajada.

—No puedes despedirme, tengo el cuarenta por ciento de las acciones.

—Estás despedido —reiteró ella con firmeza. Le daba igual las acciones que tuviera de la empresa.

Keiran se cruzó de brazos.

—Me parece que no, prima. ¿O has olvidado que

les contaré a tus padres y a Damien todo lo que sé de ti?

Ella levantó la barbilla.

–Haz lo que quieras –lo desafió.

Keiran la miró sorprendido.

–Puede que ya lo haya hecho –dijo–. Anoche supe que había metido la pata al mostrarles a todos tu moratón –la miró como si ella hubiera tenido la culpa y acabó por encogerse de hombros–. Pero no importa. De todos modos no volveré a la empresa. Venderé mis acciones, y Teresa y yo nos iremos al extranjero a vivir del dinero. Seguramente nos durará unos cuantos años, ¿no te parece?

En ese momento entró en la sala una mujer atractiva, que se detuvo en seco al verlos.

–Hola, Gabrielle. ¡Cuánto tiempo!

Gabrielle la saludó con la cabeza, pero no estaba de humor para conversar. Y no porque Teresa no fuera simpática. Era unos cinco años mayor que Keiran y él acudía siempre a ella cuando necesitaba ayuda.

Teresa los miró con el ceño fruncido.

–¿Ocurre algo?

–Sí –repuso Gabrielle.

–No le hagas caso –dijo Keiran–. Sólo ha venido a…

–Despedirlo –Gabrielle sentía lástima de Teresa, pero también creía que debía saber el tipo de hombre que era su primo.

Teresa dio un respingo.

–¿Despedirlo?

–Pregúntale a él.

–Cállate, Gabrielle –gruñó Keiran.

–Pregúntale, pero dudo que te diga la verdad.

–¡He dicho que te calles! –dijo Keiran entre dientes.

Tomó a Gabrielle del brazo y la sacudió.

Ella se soltó con fuerza. Estaba ya furiosa.

–Pregúntale cómo me ha chantajeado para que deje a mi esposo, a mis padres y todo lo que más quiero.

–¡Ya es suficiente! –gritó Keiran.

Levantó la mano y le dio una bofetada, cuyo sonido cortó el aire. La cabeza de Gabrielle giró a un lado. El dolor tardó un momento en llegar. Y la sorpresa también.

Teresa fue la primera en moverse.

–¡Keiran! –exclamó. Lo apartó de Gabrielle–. ¿Qué haces?

Gabrielle se llevó una mano a la mejilla. Keiran parecía tan sorprendido como Teresa, pero Gabrielle no tenía tiempo de sentir lástima de él. Esa vez se había pasado de la raya.

Apartó la mano de la cara y se enderezó.

–No se te ocurra aparecer por la empresa nunca más –dijo. Lanzó una mirada de disculpa a Teresa y salió de la estancia con calma.

Porque se sentía tranquila. A pesar de la bofetada, a pesar de saber lo que le esperaba con Damien, se sentía liberada de las garras de su primo, y eso le daba tenacidad para seguir adelante. Si Damien y ella iban a tener alguna posibilidad juntos, tenían que sacarlo todo a la luz. Hasta que no dejaran atrás el pasado, no podrían seguir adelante.

Decidió ir primero al piso y ponerse una compresa fría en la cara para parar el escozor y la rojez. Cuando terminó, el golpe de Keiran no se notaba tanto como había temido aunque sospechaba que acabaría con un moratón.

A continuación fue al despacho de Damien con intención de esperar hasta que terminara su reunión.

Si Keiran había hecho ya lo peor, como había dado a entender, confiaba en que Damien le diera la oportunidad de explicarse.

Pero cuando entró en la zona de recepción, estaba invadida por la ansiedad. No habría sido humana si no hubiera tenido miedo.

No vio a su secretario, pero oyó un ruido en el despacho de Damien, por lo que se acercó a la puerta.

Y dio un respingo al ver a Damien sentado a su mesa con una botella de whisky abierta y un vaso medio vacío. Tenía la cabeza en las manos, pero la levantó al oírla.

La miró y a ella se le encogió el corazón al ver el dolor que expresaban sus ojos y la palidez de sus mejillas. Entró despacio en la habitación y se paró en el centro.

—¿Por qué no me lo dijiste? —preguntó él.

A ella se le partió el alma.

—Te lo ha contado Keiran.

—Esta mañana había un informe en mi mesa —él tragó saliva—. Habla del idiota que chocó contigo con su coche. Del accidente. De ti… del hijo que perdiste.

A Gabrielle le temblaron las piernas y se sentó en una de las sillas. Tenía la sensación de que hubieran sacado todo el oxígeno de la habitación.

—Lo siento mucho, Damien.

Los ojos de él la clavaron al sitio.

—Te quedaste embarazada de otro hombre —dijo con dureza.

Ella parpadeó para intentar despejar su mente. Había olvidado que él creería aquello.

—¡No! —respiró hondo—. El niño era tuyo.

Él echó atrás la cabeza.

—¿Mío?

–El niño era tuyo. Y antes de que preguntes, recuerda que se nos rompió un preservativo.

Damien permanecía inmóvil, pero su rostro decía mucho del dolor que sentía. Ella también lo sentía.

Al fin él se levantó y se volvió a mirar por el ventanal de detrás de su mesa, pero no tardó en girarse hacia ella.

–¿Por qué narices huiste hace cinco años si esperabas un hijo mío?

A ella se le oprimió la garganta.

–Tenía que hacerlo.

–Yo no era lo bastante bueno para ser el padre de tu hijo, ¿verdad? –dijo él en voz baja.

A Gabrielle le sorprendió que dijera eso. Damien Trent era un hombre seguro que no dudaba de sí mismo.

Pero entonces recordó su infancia. Y supo que aquello no era cierto. Respiró hondo y pronunció las palabras que podían destruir las vidas de todos.

–Mi padre me dijo que me fuera.

–¿Te dijo? –preguntó él, sorprendido.

–Una noche estaba borracho y resentido con mi madre. Me dijo que cogiera mis cosas, me marchara y no volviera nunca.

Él hizo una mueca.

–Pero al día siguiente se le habría pasado la borrachera. Tú debías de saber que no lo decía en serio.

–Yo tenía miedo –replicó ella–. Tenía miedo de que acabara por perder el control y pegarme –parpadeó para reprimir las lágrimas–. No podía arriesgarme a que ocurriera eso.

Damien estaba inmóvil. Sólo se movía un músculo en su mejilla.

–¿Y no pudiste acudir a mí?

147

Gabrielle sintió una punzada de remordimientos.

–No, tú me habrías hecho quedarme.

–No tienes una gran opinión de mí, ¿verdad?

–Ahora sí. Lo siento, pero entones sólo podía pensar que eras como mi padre.

Los ojos verdes de él seguían fijos en su rostro.

–Yo jamás asustaría físicamente a una mujer, ni sobrio ni borracho.

–Lo sé, pero yo era joven, sufría y estaba confusa por lo que sentía por ti. Y no sabía lo que sentías tú por mí –se mordió el labio inferior–. Supongo que no necesitaba muchas excusas para irme.

Hubo una pausa larga mientras él asimilaba todo aquello.

–¿Por qué no me contaste lo del niño cuando volviste? Has tenido muchas oportunidades.

–Tenía miedo por mi padre. Sigo teniendo miedo de que le eches la culpa de todo. Si no me hubiera ido de casa, no habría tenido aquel accidente y no habría perdido a nuestro hijo –respiró con fuerza–. Pero, por lo que he podido ver, él no se acuerda de nada. Y ha cambiado, Damien. Los dos lo hemos visto. Por favor, por favor, no le digas nada. Y por favor, no destruyas todo lo que ha construido. Es mi padre. Yo lo quiero. No quiero que sufra.

Él guardó silencio unos segundos interminables. Su rostro no traslucía nada.

–Él ayudó a matar a nuestro hijo.

Los ojos de ella se llenaron de lágrimas. Damien se vengaría de su padre a pesar de su súplica.

–La venganza no nos devolverá a nuestro hijo –dijo con voz quebrada por la emoción–. Por favor, tienes que olvidarlo. Si no lo haces, te acabará destruyendo.

Damien tardó un momento en hablar.

–Admito que ahora me gustaría castigar a Russell –dijo–, pero no lo haré.

Gabrielle sollozó.

–¡Oh, gracias!

Sentía un alivio tan intenso que la inundaba como una ola. Sus padres podrían vivir en paz. Y ella también. Tragó saliva. Excepto porque todavía no sabía lo que iba a ocurrir entre Damien y ella.

–¿O sea, que preferías que pensara mal de ti a que lo hiciera de tu padre? –preguntó él. Volvió a sentarse en el sillón de cuero.

–Sí –pero ella no quería hacerse la mártir. Cuando quieres a alguien, los proteges; eso era lo único que había hecho–. Hay algo más que tengo que decirte –dijo, porque quería ser sincera hasta el final.

Damien se puso rígido.

–¿Qué?

–Keiran intentó hacerme chantaje. Dijo que tenía que irme y no volver –le contó lo ocurrido–. Y esta mañana he ido a verlo a casa de su novia. Me ha dado una bofetada –se llevó una mano a la mejilla.

Damien respiró con fuerza. Dio la vuelta a la mesa.

–¡Ese bastardo! –gruñó. Le levantó la barbilla para ver la mejilla–. ¿Te ha hecho daño? ¿Estás bien?

–Estoy bien. Pero al final no le ha servido de nada. Lo he despedido.

–¿Has hecho qué?

–Lo he despedido. No podía permitir que hiciera eso.

Damien la miró con admiración.

–No sé si Russell te merece –musitó–. Ni yo tampoco.

Gabrielle sintió que lo estaba perdiendo.

–Damien…

Él regresó a su mesa.

—Eres libre de marcharte.

Ella parpadeó.

—¿Marcharme?

—De irte —dijo él con brusquedad—. No te impediré recoger tus cosas y volver a Sidney. Aceptaré el divorcio.

A ella se le encogió el corazón.

—Damien, yo…

—Señor Trent —un hombre joven entró en el despacho—. Están preparados para continuar la… —se interrumpió al ver a Gabrielle.

Damien inclinó la cabeza.

—Gracias, Liam. Iré enseguida.

El joven asintió.

—El señor Marsden dice que no tiene mucho tiempo.

—Pues lo siento —replicó Damien, cortante.

—Sí, señor —Liam se ruborizó y salió con rapidez de la estancia.

Gabrielle miró a Damien. El tiempo se acababa en más de un sentido.

—Yo…

—No te preocupes por tu padre —la interrumpió él—. Seguiré trabajando en la empresa hasta que se recupere del todo. James puede aceptar más responsabilidad —tomó unos papeles—. En cuanto a mí, supongo que sobreviviré.

Gabrielle quería decirle que lo amaba. Lo tenía en la punta de la lengua, pero oyó voces en el pasillo y no le pareció el mejor momento. No podía decirle que lo amaba cuando lo estaban esperando para cerrar un trato importante.

Damien pasó a su lado.

–Adiós, Gabrielle.

Sus palabras fueron como una puñalada, pero ella lo dejó marchar. Ahora lo comprendía. Sabía que sufría y que para él el único modo de aliviar el dolor era dejar de sentir. Debía de haber hecho lo mismo muchas veces cuando lo ignoraban sus padres.

¿Pero no había aprendido ya que el dolor no desaparecía porque lo bloqueara? Estaba allí y siempre lo estaría. A menos que aprendiera a aceptarlo.

Pero ella no pensaba permitirle que siguiera por ese camino. No tenía intención de hacer lo que habían hecho sus padres y dejarlo sufrir solo. Arreglaría las cosas entre ellos. No sabía cómo, pero sabía que lo amaba y que encontraría el modo de mostrarle hasta qué punto.

Mientras bajaba en el ascensor hasta el aparcamiento subterráneo, pensó que el primer paso era no permitir que la echara de su vida. Quizá antes de llegar a casa se le ocurriera cómo hacerlo.

Damien no sabía cómo podía reprimirse para no ir en busca de Keiran y darle a probar su propia medicina. ¿Cómo se le ocurría pegarle a una mujer? ¿Cómo podía haberle pegado a Gabrielle? Era el acto de un cobarde y un matón, y Keiran había quemado ya sus naves con la familia Kane. El nuevo Russell no toleraría que maltrataran a su hija… y seguramente tampoco lo habría tolerado cinco años atrás a pesar de su problema con la bebida.

Y si Keiran sabía lo que le convenía, vendería sus acciones y saldría de la ciudad. Damien se encargaría de que ocurriera eso. Gabrielle no tenía por qué soportar… ¡Santo Cielo! Gabrielle no estaría allí.

151

Se marchaba.

Y él estaba sentado en aquella reunión interminable cuando lo único que quería era correr a su casa a ver si ella se había marchado de verdad. Claro que no había razones para que no se fuera. Desde luego, él no le había dado ninguna.

Y de pronto se dio cuenta de que la quería. Sin dudas ni negativas. Con una certeza que llenaba su corazón y le daba plenitud. Ella era la mujer que había esperado en secreto desde el fondo de su corazón.

Se levantó de la silla. No podía esperar ni un momento más. Tenía que hablar con ella antes de que se fuera. Esa mañana casi había tenido un infarto al llegar a casa y ver que la maleta había desaparecido. Había ido a casa de sus padres rezando para que ella estuviera allí, decidido a lograr que se quedara. Esa vez le pediría que no se fuera.

Se disculpó con John Madsen, ante quien alegó una situación familiar urgente, dejó al cargo a su mano derecha y salió de la estancia.

Cuando bajaba hacia el aparcamiento, le entró pánico. Cinco años atrás, ella se había ido sin decírselo a nadie. ¿Volvería a hacer lo mismo? Podía irse a otro lugar que no fuera Sidney. ¿Y si no la veía nunca más? Rezó para que no fuera tarde.

Diez minutos después entraba en el piso con el corazón en la boca. Si se había ido…

–¡Damien! –ella salió de la cocina y lo miró sorprendida.

Él se acercó a abrazarla.

–¡Gracias a Dios! –la estrechó con fuerza, con terror de soltarla.

Gabrielle se apartó y lo miró interrogante.

–¿Qué haces aquí?

–Tenía que verte. No puedes irte.

–No pensaba irme.

–¿No pensabas? –preguntó él.

–No. Me quedaré.

–¿Cuánto tiempo?

–Todo el que tú quieras –musitó ella con gentileza.

Damien sintió un nudo en la garganta. Apretó la cintura de ella con las manos.

–Querida, no pienso perderte de vista nunca más.

–¿Qué es lo que dices? –susurró ella.

El pecho de él se llenó de amor.

–Que me robaste el corazón la primera vez que te vi. Y la segunda me robaste el alma.

–¿Quieres decir…? –ella se humedeció los labios y volvió a empezar–. ¿Quieres decir que me amas?

–Más que a mi vida –susurró él.

Los ojos de ella se llenaron de lágrimas.

–Nunca pensé… Yo también te quiero. Quería decírtelo, pero había demasiadas cosas entre nosotros.

Una lágrima bajó por sus mejillas y se la secó con el dedo. Parecía vulnerable y él quería hacer que se sintiera mejor. Como sólo conocía un modo de lograrlo, bajó la cabeza para besarla en los labios.

La besó con ternura. Le acarició el pelo.

–Querida, siento mucho lo de nuestro hijo. Tú sufriste mucho y, si no quieres tener más hijos, lo comprenderé.

Ella negó con la cabeza.

–Quiero tener tus hijos, Damien. Y contigo a mi lado, tendré fuerzas para mirar hacia delante, no hacia atrás –lo miró a los ojos–. ¿Podrás perdonarme que no te lo contara?

Él le puso un dedo en los labios.

–Chist. No hay nada que perdonar. A los dos nos

entristecerá siempre lo que perdimos, pero si nos tenemos el uno al otro, podremos compartir el dolor –la besó con gentileza–. Nuestras vidas tenían que ser así. Teníamos que estar separados para descubrir que nuestro sitio está juntos.

Los ojos de ella brillaban por las lágrimas.

–Creo que tienes razón.

–Pues claro que sí.

Ella parpadeó.

–Oh, por un momento había olvidado con quién hablaba.

Damien pensó que era la mujer más sexy que conocía. Y se merecía que continuara la broma.

–No dejaré que vuelvas a olvidarlo.

La tomó en brazos.

–¿Adónde vamos?

Damien se detuvo a mirar a la mujer que había tomado su corazón vacío y lo había llenado de amor.

–A nuestro dormitorio. Tengo que demostrarte cuánto te quiero.

–Buena idea –declaró ella con ojos chispeantes.

Damien le sonrió.

–Estoy lleno de ideas.

Echó a andar hacia la habitación.

Y hacia su futuro en común.

Epílogo

Seis semanas después, Gabrielle y Damien volvían a casarse en una ceremonia conmovedora en el jardín de la mansión de los padres de ella. Cuando la novia se acercaba al improvisado altar, su padre se sentía orgulloso y su madre sonreía entre lágrimas. Eileen Phillips había acudido desde Sidney con sus hijas, Kayla y Lara.

La «familia» de Damien estaba representada por Brant, Kia, Flynn y Danielle. Gabrielle había aprendido a querer a las otras dos mujeres en las últimas semanas y le complacía que le hubieran dado la bienvenida al círculo de amigos íntimos. Pero agradecía más que nada que Brant y Flynn hubieran estado al lado de Damien todos aquellos años en los que éste había necesitado alguien que lo quisiera de un modo incondicional.

Gabrielle alzó la vista y vio al novio.

Damien.

¡Era tan apuesto! Su hombre ideal. La hacía sentirse hermosa y especial y sabía que la haría sentirse así toda su vida. El amor lograba eso con las personas.

Se le aceleró el corazón cuando su padre le soltó el brazo y la entregó a su esposo, no como un símbolo de posesión, tal y como había creído en otro tiempo, sino de amor.

Más tarde, después de haber bailado por el suelo de madera debajo de la marquesina, él la apartó de los invitados para llevarla a una zona oculta entre los helechos. La luna tropical asomaba entre las palmeras cuando Damien la tomó en sus brazos.

–Necesito un beso de la novia –murmuró.

Ella le echó los brazos al cuello y le ofreció los labios.

–Y yo te necesito a ti.

Damien gimió, la besó en profundidad y su aliento se hizo uno con el de ella.

Igual que sus corazones.

–¿Estás preparada para la luna de miel? –preguntó.

Ella asintió.

–Un castillo en Francia suena de maravilla –repuso, aunque en realidad no le importaba adónde fueran siempre que estuvieran juntos.

–Eres muy hermosa, amor mío –susurró él.

–Y tú muy apuesto.

Damien sonrió.

–Creo que debemos irnos para seguir admirándonos en nuestro jet privado.

–Oh, pero… –ella ya no podía seguir manteniendo el secreto–. Tengo algo que decirte. No sabía si debía porque no sé si es muy pronto para…

Los ojos de él echaban chispas.

–Dímelo.

–Creo que estoy embarazada.

Damien se estremeció. Le acarició la mejilla.

–Gracias, amor mío. Es el regalo perfecto para un hombre que lo tiene todo.

Bajó la cabeza y Gabrielle esperó el beso con el corazón rebosante. Sabía muy bien lo que él quería decir.

Deseo™

Seis meses de pasión

Katherine Garbera

Años atrás, la desesperación había
llevado a Bella McNamara a aceptar
ser la amante del millonario Jeremy
Harper durante seis meses. Ahora había llegado el momento de que Jeremy reclamara que cumpliera su parte del trato.

Lo que él no sabía era que Bella ya
era toda suya, incluyendo su corazón.
Se había enamorado de aquel poderoso hombre incluso antes de compro-
meterse a hacer aquella locura. Y
ahora disponía de seis meses muy íntimos para poner en práctica su plan:
convertirse en la esposa de Jeremy.

Podría hacerla suya... pero el precio era el amor

Acepte 2 de nuestras mejores novelas de amor GRATIS

¡Y reciba un regalo sorpresa!

Oferta especial de tiempo limitado

Rellene el cupón y envíelo a
Harlequin Reader Service®
3010 Walden Ave.
P.O. Box 1867
Buffalo, N.Y. 14240-1867

¡Sí! Por favor, envíenme 2 novelas de amor de Harlequin (1 Bianca® y 1 Deseo®) gratis, más el regalo sorpresa. Luego remítanme 4 novelas nuevas todos los meses, las cuales recibiré mucho antes de que aparezcan en librerías, y factúrenme al bajo precio de $3,24 cada una, más $0,25 por envío e impuesto de ventas, si corresponde*. Este es el precio total, y es un ahorro de casi el 20% sobre el precio de portada. !Una oferta excelente! Entiendo que el hecho de aceptar estos libros y el regalo no me obliga en forma alguna a la compra de libros adicionales. Y también que puedo devolver cualquier envío y cancelar en cualquier momento. Aún si decido no comprar ningún otro libro de Harlequin, los 2 libros gratis y el regalo sorpresa son míos para siempre.

416 LBN DU7N

Nombre y apellido   (Por favor, letra de molde)

Dirección   Apartamento No.

Ciudad   Estado   Zona postal

Esta oferta se limita a un pedido por hogar y no está disponible para los subscriptores actuales de Deseo® y Bianca®.
*Los términos y precios quedan sujetos a cambios sin aviso previo.
Impuestos de ventas aplican en N.Y.

SPN-03   ©2003 Harlequin Enterprises Limited

Julia™

Julene Santiago no comprendía por qué Rafe Garrett la había dejado marchar hacía años. Bien era cierto que nadie creía que el brusco ranchero pudiera estar a la altura de la bella e inteligente Jule. Especialmente sus padres… y el propio Rafe.

Pero ella sí lo creía.

Y cuando volvió al pueblo después de tanto tiempo, Jule descubrió que lo que había habido entre ellos seguía estando allí con la misma fuerza de siempre. ¿Cómo podría convencer a Rafe de que esa vez su historia podría tener un final feliz?

Un solo amor

Nicole Foster

**A veces el primer amor
es el único…**

Bianca™

¡Él estaba con ella por venganza!

Cat McKenzie iba a here-
dar una fortuna… y Nicholas
Karamanlis tenía intención de
llevársela a la cama y luego al
altar para asegurarse de que el
dinero no cayera en manos de
su familia. Nicholas llevaba
años esperando poder vengar-
se del padre de Cat, que había
estado a punto de arruinarlo
con un negocio fraudulento, y
creía que Cat era tan mala
como él.

Cat nunca había conocido
a un hombre tan poderoso y,
cuando Nicholas le ofreció
aquel negocio tan lucrativo,
acompañado de un fin de semana en Venecia, no pudo re-
sistirse.

Lo que Nicholas no sospe-
chaba era que Cat no era en
absoluto como él creía… ¡empezando por el hecho de que
era virgen!

Sed de venganza

Kathryn Ross